JN096640

ALPHAPOLIS
WEB CITY SINCE 2000

じい様が行く 3

『いのちだいじに』異世界ゆるり旅

A L P H A L I G H T

蛍石
Hotaruishi

アルファライト文庫

主な登場人物
ウルハ
人魚族の女性漁師。細かいことにもよく気が付く性格。
ハイルカン
鮫人族の男性漁師。難《むずか》しいことは考えない。
ケケレ
赤族の族長。猪《ちょ》突《とつ》猛《もう》進《しん》な性格で、良くも悪くも裏表がない。

ロッツア
ソニードタートルという種族の巨大亀モンスター。見た目に反して足が非常に速い。
ルーチェ
正体《しょうたい》はブライトスライムという魔族。セイタロウの孫娘《まごむすめ》として一緒に旅に出る。
ルージュ
セイタロウの旅に同行する赤い子熊のモンスター♀。
クリム
セイタロウの旅に同行する赤い子熊のモンスター♂。
キリノマ
赤族の狩り長。族長ケケレの夫。
セイタロウ
日本で茶園を経営していたじい様。年の功と神様から貰《もら》った超スキルを引っさげ、異世界で旅に出る。

《 1　レーカス商業ギルド 》

イスリールに転生させてもらって早数ヶ月、儂《わし》、アサオ・セイタロウは今港街レーカスに家を借りて住んでおる。前にいたイレカンの街よりも大きな街じゃから観光できそうな場所も多そうじゃよ。

ブライトスライムなんて希少種《きしょうしゅ》の娘ルーチェ、足の速い亀で騎獣《きじゅう》になってくれたロッツァ、ひょんなことから従魔《じゅうま》になったクリムとルージュ。皆血の繋《つな》がりはないが、大事な家族も一緒じゃ。皆でのんびり物見遊山《ものみゆさん》する為《ため》にも、コーヒーや紅茶を商業ギルドへ卸《おろ》して旅の資金を調達せんとな。

海岸沿《ぞ》いの一軒家《いっけんや》で目覚《めざ》め、のんびり朝ごはんを済ませると、ルーチェと共に商業ギルドへ向かう。

ロッツァはクリムたちと一緒に留守番《るすばん》となった。庭先でクリムたちの稽古《けいこ》に付き合うんじゃと。怪我《けが》とやりすぎにだけ注意するよう言って、任《まか》せといた。強いといってもまだ子熊じゃからな。ロッツァがただ防御するだけでも、反撃と同じようなダメージがいくからの。

「ロッツァは硬《かた》いけど、クリムたち平気かな？」

「ロッツァは真正面《ましょうめん》から受けるばかりが能じゃないからのぅ。いなしもできとったから大丈夫じゃよ」

「そか。なら心配しなくても大丈夫かな。お土産《みやげ》に何を買ってったら皆は喜ぶかなぁ？」

ルーチェと手を繋ぎ、しばらく一緒に歩くと商業ギルドが見えてきた。朝一番の慌《あわ》ただしい時間を避《さ》けたので、ギルド近辺に停まっとる馬車などは見当たらんな。

ギルドの中へ入り、受付に挨拶《あいさつ》。

「おはようさん。昨日、約束したアサオじゃ。ギルドマスターには会えるかの？」

「アサオ様ですね。ただ今確認します。少々お待ちください」

受付の青年職員は奥へ消えていく……数秒と経《た》たず、ギルド職員のクルーズが慌てたように姿を現した。

「アサオさん、お待ちしてました。今ご案内します。ここは僕がやるから他をお願いします」

クルーズは小声で青年に指示を出したあと、儂を連《つ》れ執務室《しつむしつ》を目指す。

「昨日の今日で仕入れができるとは思ってませんでした。なんて良い日なんでしょうか」

「そんなもんかのぅ？　早すぎて迷惑《めいわく》になってなければいいんじゃがな」

「とんでもない！　迷惑だなんて思うわけがありません！」

目を輝かせ、大げさな身振りと手振りで感動を表すクルーズに、儂は若干《じゃっかん》引き気味《ぎみ》じゃ。

その後も執務室へ着くまでの間、コーヒーへの熱い思いを絶《た》えず口にしていた。

「マスター、アサオさんをお連れしました」

「どうぞ」

部屋の中にはギルマスのウコキナ、レシピ担当のジャレットと、他にもう一人男性がおった。

「おはようございます、アサオさん。早速の取引、嬉《うれ》しい限りです。こちらは副ギルドマスターの――」

「ライラスと申します。取引に立ち合いますので、どうぞお手柔《やわ》らかにお願いします」

「アサオ・セイタロウじゃ。こちらこそよろしく頼《たの》む」

応接テーブルを挟《はさ》んでライラスと手を握《にぎ》り合う。両手で力強く握られたが、何か意味があったりするんじゃろか？　とりあえず全く痛《いた》くはないんじゃが……

「アサオ・ルーチェです。私は見学なんで気にしないでください。じいじがくれるかりんとうとお茶があれば、おとなしくしてます」

挨拶から流れるように要望を口にするルーチェに、思わず呆気《あっけ》にとられたギルドの面々。儂はお構いなしでルーチェの前に急須《きゅうす》と湯呑《ゆの》みを置き、ポテチとかりんとうも一皿ずつ並べておいた。

「さて、早速取引の話といくかの」

「え、ええ。まずはコーヒーと紅茶からですね。クルーズさんお願いします」

ウコキナは気を取り直したのか、少し戸惑《とまど》いつつもクルーズへ話を振る。促《うなが》されたクルーズも我に返ったようで、軽く頭を振ると話し出した。

「イレカンと同じ単価で仕入れたいのですが、よろしいでしょうか?」

「儂は損《そん》しないから構わんぞ」

クルーズも儂も笑顔を見せ合う。いくら真面目《まじめ》な取引といっても、仏頂面《ぶっちょうづら》よりは笑顔じゃろ。

「では豆を2万ランカ、紅茶は3万ランカお願いしたいです。在庫はありますでしょうか?」

「おぉう。なんともまぁ大量に買ってくれるんじゃな。在庫はあるが、そんなに仕入れて大丈夫なのか?」

「既《すで》に貴族や大商人、商会から問い合わせが多数来ていまして……『まだレーカスには届かないのか?』と催促《さいそく》されております」

在庫がない時は泣きたくなる督促《とくそく》じゃろうな。逆に在庫を見込める今ならば、瞬時に捌《さば》ける金の卵か。【無限収納《インベントリ》】の中から麻袋《あさぶくろ》に入ったコーヒー豆と紅茶を取り出し、テーブルへ並べていく。

「それぞれ5千ランカずつ入っとるはずじゃ。計量は任せるとして、粉コーヒーはいらんのか？」

「今はまだ。今回仕入れたものを売ってから、再度取引をお願いしたいのですが……よろしいでしょうか？」

今後の予定もさらりと織《お》り込むとは、クルーズはなかなかのやり手のようじゃな。

「ギルドの金庫が空《から》になるとは思わんが、かなりの額の取引になるからのぅ。一度で済ませられないなら、仕方ないじゃろ。この街にいる間ならまた卸しても構わんぞ」

「ありがとうございます。その時はルーチェさんが今飲んでいる緑茶も少しお願いします。先ほどから私の鼻を擽《くすぐ》る良い香りが気になって仕方ありません」

緑茶とかりんとうで一服《いっぷく》するルーチェに、クルーズがちらちら視線を送ってた理由はそれか。とりあえず味見がてら皆に振る舞うかのぅ。

「なら先に味見してもらおうかの。皆は何がいい？」

事の成《な》り行きを見守っていた皆に視線をやると、一様《いちよう》に驚《おどろ》いた表情を浮かべる。

「アサオさん、高価な品を味見……ですか？　よろしいのでしょうか？」

おずおずと声を出すウコキナと同意見なのか、皆頷《うなず》いておる。

「喉渇《のどかわ》かんか？　儂だけ飲むのもなんじゃから聞いたんじゃ。いらんなら自分の分だけ用意するぞ?」

「『いただけるのならぜひ！』」

クルーズとジャレットが身を乗り出して答える。

「クルーズは緑茶として、他は何がいいんじゃ?」

「では私は紅茶をお願い致します」

「温かいのと冷たいの、どっちがいいかのぅ」

「冷たい紅茶?　冷めた、ではなく、冷たい紅茶があるんですか?」

首を傾《かし》げ、疑問を口にするウコキナ。

「そりゃあるじゃろ……ん?　もしかしてレーカスではないのか?」

「はい。初耳です。でしたら冷たい紅茶をお願いします」

「ではウコキナはアイスティーと。ジャレットとライラスは……」

「自分も緑茶をお願い致します」

昨日と同じように手を後ろに組む姿勢を取り、ジャレットが答える。

「では私は温かいコーヒーをお願いします」

ライラスはホットコーヒーじゃな。

ルーチェの前にある急須の茶葉を捨て、新しい茶葉で淹《い》れた緑茶をクルーズとジャレットの前へ置き、ルーチェの湯呑みにもおかわりを注ぐ。

取り出したティーポットに紅茶葉を入れ、湯を注いでしばらく置く。《氷針《アイスニードル》》を砕《くだ》いた氷を入れた透明《とうめい》なグラスへ紅茶を注ぐと、氷が割《わ》れる音とともに綺麗《きれい》な紅色に染《そ》めあがる。透《す》き通った氷が目にも涼《すず》しげじゃな。

最後に【無限収納《インベントリ》】からコーヒーメーカーを取り出す。皆、興味津々《しんしん》らしく、出てきた機械に視線を集めておる。豆を挽《ひ》くと周囲に香りが広がり、ドリップが始まると芳《こう》ばしい香りが部屋全体へと広がっていく。真っ白なカップに注いだコーヒーは深い黒を湛《たた》えておった。

「いろいろ気になりますが、まずはいただきましょう」

「そうですね。この香りを前に我慢《がまん》はできません」

ウコキナの言葉に頷いた皆が、それぞれの前に置かれた飲み物に口を付ける。クルーズとジャレットは目を見開き、ウコキナとライラスは目を閉じる。

その誰もが無言だった。しばらくするとようやく口を開く。

「アディエたちが別格だと言うのが分かりました。これは次元が違います」

「これはいけない。いけないですよ。こんな物が出回ったら、今までの物が売れなくなります」

若干呆《ほう》けた表情を見せとるウコキナとライラスは、驚きを隠《かく》せないながらもなんとか感想を述べておる。クルーズたちは無言のまま緑茶を飲み続けていた。いや、違うな。ルーチェのかりんとうをじーっと見とる。

「仕方ないのぅ。今回だけじゃぞ」

そう言いながらクルーズとジャレットの前にかりんとうを差し出すと、二人は目を輝かせながら我先にと手を伸《の》ばし、口へと運《はこ》びおった。ライラスは躊躇《ためら》って、ウコキナはジャレットたちに怯《ひる》んで手が出せないみたいじゃな。

「あぁ、なんという一体感……」

「昨日の味見でも驚きましたが……緑茶と合わせることで真価を発揮《はっき》するのですね」

「でしょ？　かりんとうには緑茶だよね」

クルーズとジャレットの感想に同意しとるルーチェは、食べる物をかりんとうからポテチに移しておるがな。

「紅茶やコーヒーにはこっちのほうが合うはずじゃ」

ウコキナとライラスの前に【無限収納《インベントリ》】からホットケーキをそっと差し出すと、今度は迷《まよ》いなく手を伸ばした。

「くどさのない甘み……双方ともに引き立てあってます」

「砂糖《さとう》をこんなに……いや、これは違いますね……？」

ホットケーキを食べる二人は、甘味に驚きながらも正体《しょうたい》を探《さぐ》っておった。かたやジャレットとクルーズはかりんとうと緑茶に夢中じゃった。

《 2　レシピのこと 》

「さてジャレットがおるなら、レシピか、店に関しての話があるんじゃろ？」

話を振れども、ジャレットはかりんとうに集中したまま。

「……ジャレットさん、かりんとう取り上げますよ」

ギルマスのウコキナに言われても、ジャレットは黙々《もくもく》とかりんとうを食べ、緑茶を飲み続けとる。

「商談が終わるまで取り上げます」

言うが早いか、ライラスは本当にかりんとうを皿ごと取り上げた。

「あっ！　副マスひどいです！　なんてことするんですか！」

「アサオさんとの商談が終われば返してあげます。先にやるべきことをやってください」

「では、アサオさん、レシピ公開に関してのお話をしましょう」

キリッとした表情に変わったジャレットが、儂に真面目な顔を向けておる……早く続きを食べたいんじゃろうな。

「アサオさんが秘匿《ひとく》とするレシピまで公開していただこうとは思ってません。公開しても大丈夫なものだけで構いませんから、当ギルドに提供していただけませんか？　もちろん、謝礼《しゃれい》はしっかり払わせていただきます」

「どれも秘匿になんてしとらんから、いくらでも教えるぞ。ジャミ近くの村でのうどんとすいとん。スールの宿屋でのドレッシングとカレーパン」

儂が指折り数え、料理の名を告《つ》げていくと、頭を下げていたジャレットは、狐につままれたかのような顔を見せよる。

「じいじはフォスの街でいろいろ作ってたよね。甘いものは……ベルグ亭だったっけ？」

ルーチェも儂を真似《まね》して数えとる。

「そうじゃな。そのあとイレカンで魚料理と唐辛子《とうがらし》ソースやトマトソースかのぅ」

「そんなにたくさんあったのですか⁉　そのどれもが秘匿されずに公開されていると？」

テーブルに身を乗り出すライラスから突然発せられた大きな声に、儂とルーチェは思わずびくりとしてしまったわい。

「そうじゃよ？　美味《おい》しいものは皆で食べて、いつでもどこでも食べられるのが一番じゃ」

儂の言葉に驚きを隠せないギルドの面々。とりわけジャレットの驚きは大きいのぅ……自分の担当分野だけに無理もないか。

「新しいレシピは独占《どくせん》して、一切公開しないのが普通なんですよ。でないと店の売り上げに影響しますからね」

「ウコキナの言うことも分からんでもないが……儂としては『いつでもどこでも美味しいものが食べられる』ことのほうが大事なんじゃよ」

「ちなみにアサオさんが作った料理のレシピはフォス、イレカンの両ギルドに登録されてます。あとから『自分のレシピだ』って別人に申請されると厄介《やっかい》なので、開発者がアサオさん、管理がそれぞれのギルドとなってます」

ウコキナの説明から察するに、どこが元祖《がんそ》だ、本家だでモメるのはどこの世界も変わらんのか。

「おぉそうじゃ、この実《み》は見たことあるかの？」

鞄《かばん》から醤油《しょうゆ》の実を何個か取り出し、皆の前に並べる。

「これは……見たことありませんね。皆さんはどうですか？」

ウコキナに問われても皆一様《みないちよう》に首をひねるだけじゃった。

「そうか、これはいろんな料理に使える調味料なんじゃよ。森に自生しとる樹木《じゅもく》から採《と》れる木の実でな。ジャミの森近くの村では、樹皮《じゅひ》などが加工品の材料じゃったな」

「その木の実が大事なんですか？」

ライラスが手を上げてから疑問を口にする。

「儂のレシピには結構使うんじゃよ。だもんで、この街の近くで見つけたいんじゃ。見つからんとなると、レシピを教えても広められんからのぅ」

「見本としてお借りしても構いませんか？　すぐ職員一同に確認します。森に自生しているのでしたら、冒険者ギルドにも確認しましょう」

ライラスが見本として木の実をいくつか持って、部屋を出ていく。茶葉の検量《けんりょう》真っ最中のクルーズと、担当のジャレットが出ていくわけにもいかんからか。表向きの立場はあれども、ちゃんと働く役職付きがいる組織は良いのぅ。

「あの木の実が見つかればレシピを教えていただけますか？」

「構わんぞ。作れないレシピに意味はないが、食材があるならどんどん作ってほしいからのぅ」

「ありがとうございます。今まで公開されているレシピの他にも何かありますか？」

「まだいろいろあるが……ここで見せたほうが分かりやすそうじゃな」

唐揚《からあ》げ、煮豚、煮鶏、漬物《つけもの》、汁物、テリヤキ……【無限収納《インベントリ》】から次々料理を出してテーブルに並べていく。コーヒーフロートも一緒に置くと、ウコキナの目はそれに釘付《くぎづ》けになっていた。

「これがフロートですね。イルミナから来た手紙を読んで一番気になってたんです」

「冷たい菓子……もないんじゃろ？　物珍《ものめずら》しさもあったからか、イレカンでは男女問わず結構売れたのぅ」

「こちらのレシピも公開してくれるのですか？」

ウコキナの問いかけは疑問形のままじゃ。

「問題はないが、作るには魔法が使えないとダメじゃな」

「魔法ですか？　料理に使うなら魔道具だと思ってましたが……」

「儂は《氷針》《アイスニードル》を使って冷やし固めてるんじゃよ。こんな風にしてな」

床にごく弱い《氷針》《アイスニードル》を出し、その上にボウルを載《の》せてアイスクリームをかき混ぜる。自前の魔法でやっとるんじゃよ」

「氷の魔道具があるなら魔法でなくても平気なんじゃが、儂は生憎《あいにく》と持ってなくてな。自前の魔法でやっとるんじゃよ」

「……そうですね。魔道具は高いです。それならば《氷針》《アイスニードル》を使える人を雇《やと》って調理させたほうが、格段に安くあがります……しかし、初期攻撃魔法をこんな使い方するとは思いませんでした」

驚きながら話すウコキナと、固まってしまうジャレット。クルーズも検量の手を止めて驚いておった。

「まぁこんな特殊《とくしゅ》な調理法は他にないから大丈夫じゃろ」

「じいじ、魔法を使わなくても、じいじの料理は全部珍《めずら》しいと思うよ」

自分の鞄からパンとマヨネーズを取り出し、即席テリヤキバーガーを作って食べるルーチェに指摘された。

「一般的な調理法は煮ると焼くくらいでしょうか。味付けも塩味が普通ですね。高級店や貴族、大商人になれば多少スパイスを使う程度です」

「ね。塩以外の味を使うとか、もちろん調味料を作ることなんてないからね」

口一杯に頬張《ほおば》りながらもルーチェは器用に話しとる。

「アサオさんはこの調理法をどこで考えたんですか？」

「儂の生まれた地方では誰でも知っとる手法なんじゃよ。じゃから、特別な料理だとは思ってなくてな……」

「それで秘匿していないのですね。少しだけ納得しました。普通これだけの発明を公開なんてしませんよ」

驚きで固まっていたジャレットが口を開いたが、納得していない感がひしひしと伝わるのぅ。

「マスター、謝礼は――」

「あぁ、いらんいらん。他の街と同じで、管理してもらえるならお願いしたいんじゃ。あとジャミ近くの村で教えたうどんとすいとんも、一緒にお願いしようかの」

「いいんですか？　巨万とはいかなくとも、かなりの収入になりますよ？」

今日だけで何度目か分からん驚きを見せるウコキナは、瞬《まばた》きが増えておるな。

「その分安く皆に広まるなら、それに越《こ》したことはないじゃろ。美味しいものがどこでも安く食べられる。これはかなり嬉しいことじゃよ？」

「……分かりました。ただアサオさんの料理には、もの凄《すご》い価値があることを覚えておいてくださいね。でも『タダより高いものはない』ので、一括《いっかつ》で10万リルとさせてください」

「その理屈は分かるから、それで手を打つべきじゃな」

ウコキナと儂は商人の笑《え》みを見せ合う。

「料理じゃないんじゃが、一ついいかの？」

「何かありましたか？」

「レーカスに来る少し前に寄った村で、こんなものを作ったんじゃ。これも登録しないとダメかの？」

鞄からかるたパズルを取り出し、ウコキナに手渡す。ジャレットはレシピの登録の為、既に席を立っておった。

「これは……絵と文字、こちらは絵と数字ですか？」

「そうじゃ。子供たちが遊びながら計算と文字を覚える為の知育玩具《ちいくがんぐ》じゃな。今頃、その村で量産されとるはずじゃよ」

あれから数日経っておるから、それなりの数が出来上がってるじゃろ。自分たちの分を手元に残しても、十分な量があるはずじゃ。

「もしこれにも登録が必要なら、村名義でやっといてくれんかの？　村の特産品として売ると思うんじゃよ」

「いいんですか？　これも商売に革命が起きるくらいのものですよ？」

「いいんじゃ。食材は自分たちでも賄《まかな》えるし、買うこともできる。ギルドとの取引で路銀《ろぎん》もしっかりある。な？　十分じゃろ？　それなら将来のある子供たちと村に投資すべきと思うからの。まぁ、じじいの気まぐれで戯《たわむ》れじゃよ」

やれやれといった表情を見せて苦笑《くしょう》するウコキナは、書類を取る為か席を立って戸棚《とだな》へ向かう。

「じいじ、太《ふと》っ腹《ぱら》だね」

「これくらいやったところで手持ちの資金は減《へ》らないからの」

ルーチェと小声で言葉を交わしている間に、ウコキナが戻ってきて儂の前に地図を広げる。

「アサオさんのおっしゃる村はどこでしたか？　登録する際に必要でして」

「レーカスからの日にちを遡《さかのぼ》ると……ここじゃな」

通ってきた旅路《たびじ》を逆に辿《たど》り、ある一点で指を止めると、ウコキナは大きく頷いた。

「木工細工《もっこうざいく》が盛《さか》んな村ですね。それならばこの出来も納得です」

ウコキナはその村の名前を書き足《た》した書面を儂の前へ差し出す。

「アサオさん、こちらに署名《しょめい》していただけますか？　権利所有者を村にして、料理と一緒に当ギルドで管理します。アサオさんは開発者となりますので、何か問題がありましたらギルドに申し立ててください」

「そんなことが起こらないよう祈るばかりじゃな」

儂が署名をすると、それをもって今日ここでやろうと思っていたこと全てが終わる。そろそろ出ようかと腰を浮かせたところで、ウコキナに引き留《と》められた。

「アサオさん、これは注意……というか、忠告というか……」

「なんじゃ？」

今までとは打って変わってウコキナの歯切れが悪い。

「この街には少しばかり特殊な好みの子がいまして、もしかしたらアサオさんにご迷惑をおかけするかもしれません……なので、先にお知らせしておこうかと……」

「特殊な好みって何？」

興味を惹《ひ》かれたのか、ルーチェがウコキナに問いかける。

「どうにも年上の男性が好みらしく……とある商会の娘さんなんですが、度々《たびたび》街に立ち寄る会員の男性に懸想《けそう》しまして……」

「儂だと年上って範囲からは出すぎとらんか？　娘さんと呼ぶくらいなら、行かず後家《ごけ》と言われるくらいの年でもないんじゃろ？」

「じいじを好きになるかもしれないってこと？　すごいね」

一気に興味をなくしたようで、ルーチェの反応は素《そ》っ気《け》ないものに変わっとる。

「儂自身、そう頻繁《ひんぱん》にギルドを訪ねるわけでもないから大丈夫じゃろ」

「だね。今日は買い物して帰るだけだし」

検量と査定の終わったコーヒー、紅茶の代金を受け取った儂とルーチェは、部屋を出ようと席を立つ。

「素敵なおじ様が入っていったのが見えたんですの！　あの方はどなたですの？」

執務室の扉を開けた途端《とたん》に聞こえたのは、そんな声じゃった。

《３　枯《か》れ専《せん》》

「素敵なおじ様が入っていったのが見えたんですの！　あの方はどなたですの？」

執務室の扉の向こう、受付の辺りには、綺麗なブロンドの髪をセミロングにした女性がちらりと見える。

「あの方は商談中です。それにギルド会員の情報をお教えすることはできません」

「我《わ》が家もギルドに所属してますの。取引先になるかもしれない相手を教わることもできませんの？」

「取引しないかもしれないじゃないですか。ご本人に聞くならまだしも、ギルドがお答えすることはできません」

受付の男性とセミロングの女性の会話を聞きながら、儂はルーチェと共に受付近くまでくる。

「会わないで済ませられると思ったらこれか……」

「すごいね、じいじ。引き寄せてるよ」

儂とルーチェは顔を見合わせる。後ろを振り返ってウコキナを見ると、呆《あき》れたような顔をしておった。

「ウコキナ、これどうすればいいんじゃ？　建物から出るには受付を通るしかないじゃろ？」

「ありませんね。このままだと他の職員、会員の迷惑になりますので、退去させますね」

「それをやると外で付きまとわれるから、連れてきて会うのが早いと思うんじゃよ」

「よろしいのですか？　ご迷惑になってしまうんじゃ……」

「このまま他所様《よそさま》に迷惑かけるほうがいかんからの。直接話せば分かってくれるじゃろ」

「どうだろね」

ルーチェや、不吉なことを呟《つぶや》くのはやめてくれんか？

「では連れてきます。お二人は執務室で待っていてくださいますか？」

今出てきた部屋へまた戻る儂らとは逆に、受付へと向かうウコキナ。

「あらウコキナ様、ごきげんよう。素敵なおじ様との商談は終わりましたの？」

「ロザリィさん、こんにちは。ここだと迷惑になりますのでこちらへ。お会いしてくださるそうです」

「まぁ！　やはり素敵なおじ様は違いますわね。早く行きましょう」

「その前にひと言だけ。前回の注意を全く聞いていないですね。今回はアサオさんのご厚《こう》意《い》でお会いできるのです。次同じことをするようでしたら、会員権を剥奪《はくだつ》させていただきます。これは他の会員、職員への迷惑行為に当たります。ご実家へは今から連絡させていただきますので、ご理解を」

「そんなことはどうでもいいのです。あのおじ様に会えるのなら些細《ささい》なことですもの」

商売より色恋……その姿勢に頭を抱《かか》えつつ、ウコキナは職員に手紙を渡して指示を出す。薄く開いた扉から見えるその光景に、儂も思わず頭を抱えた。

今か今かと待ちわびつつ、髪の手入れに余念がないロザリィ、彼女を連れて執務室に向かってくるウコキナは、頭を押さえながら歩くのが精いっぱいのようじゃった。

「お初にお目にかかります。私《わたくし》ロザリィ・ブランドンと申しますの。以後お見知りおきを」

戸が開け放たれた瞬間にポーズを決め、自己紹介をするロザリィ。儂を視界から外《はず》すまいと瞬《まばた》き一つしないで見つめる彼女の目は、既に濡《ぬ》れておった。

「おぉう。なんとも濃《こ》い嬢《じょう》ちゃんじゃな」

「うわぁ……」

ドン引いてしまった儂と、言葉を失《な》くす五歳児。

「さぁさぁ、おじ様のお名前を教えてくださいませ」

「アサオ・セイタロウじゃよ。こっちは孫《まご》のルーチェ」

「お孫さんですの？　私のことはおばあちゃんと呼んで構いませんのよ？」

胸を張り、好戦的な眼差《まなざ》しを向けるロザリィへ、即座にルーチェも応戦の構えを取る。

「いやです」

「まぁそこは追い追いでいいですわ」

「よくない！」

ガルルッと噛《か》みつかんばかりにルーチェは敵意をむき出しにしておる。

「そういえば、先刻は香辛料の取引を忘れたんじゃが、ここには何があるんじゃ？　ピメント、胡椒《こしょう》、唐辛子は以前、仕入れたんじゃよ。あとはハーブも生と乾燥《かんそう》それぞれで」

「大事なことを忘れてました。申し訳ありません。アサオさんが持っていないものですと、唐辛子が数種類、パクチ、クミンあたりでしょうか？」

ひとつひとつ見本を並べてくれるウコキナと儂の脇《わき》では、ルーチェとロザリィのにらみ合いが続いておった。

「どれも欲しいのぅ。全部１０００ランカずつ貰《もら》えるかの？」

「かしこまりました。今用意させますので少々お待ちください」

ウコキナは一度部屋を出て職員に指示をすると、すぐに戻ってきた。

「そんなぴりぴりしてちゃ話が進まんじゃろ。これでも飲んで落ち着かんか」

【無限収納《インベントリ》】から適当に生のハーブを見繕《みつくろ》い、即席ハーブティーを淹れると、爽《さわ》やかな香りが執務室いっぱいに広がる。

「じいじ、この人をばぁばなんて呼ばないからね」

ハーブティーに口を付けながら唇を尖《とが》らせるルーチェ。

「こんな若い娘さんを儂に嫁《とつ》がせる気はないぞ」

「まぁ、私は一向に構いませんわ。むしろ望むところです」

「絶対いや！」

ルーチェは即座に口を開く。

「そもそも嬢ちゃんを――」

「ロザリィですの」

ルーチェを無視して儂へと向き直り、言葉を被《かぶ》せてきよった。

「……ロザリィを呼んだのは他所様に迷惑がかからないようにと考えてじゃ。あとはロザリィの家と取引するかもしれんとも思ったからじゃな」

「そうでしたの？　奥さんになれるかと思ってましたのに。残念ですわ」

しょんぼりとした顔を見せるロザリィとは反対に、満面の笑みを浮かべるルーチェ。

「ロザリィの家は何を扱《あつか》ってるんじゃ？」

「我が家は馬車関係をはじめとした、旅に必要な雑貨全般ですの」

「馬車はイレカンで買ったばかりで用がないのぅ。馬車に積《つ》む樽《たる》や瓶《びん》、甕《かめ》なら欲しいが、あるかの？」

「ありますわ！」

切れかかったと思った縁《えん》がすんでのところで繋がったからか、沈《しず》んでいた顔が一気に輝きを取り戻す。

「今度買いに行くかもしれんから、その時はよろしく頼むのじゃ」

「母に挨拶に来てくれるんですの？」

「ち・が・う！　買い物！　分かる？　か・い・も・の！」

ルーチェは一音ずつ力を込めながら、念を押すように声を発する。

「いいですか？　ロザリィさんとではなく、ブランドン商会とアサオさんの取引です。そこを間違えないように」

ウコキナも釘《くぎ》を刺すように再度忠告を重《かさ》ねておる。

「どちらでも構いませんの。アサオさんが我が家に来てくれる事実が大事なんですの」

「「はぁぁぁぁぁぁぁ」」

この返事に、ロザリィ以外の全員がため息を吐いたのじゃった。

《 4　乾物《かんぶつ》 》

三人分のため息を聞いても全く動じないロザリィは、それからすぐに部屋を出ていきよった。

「こうしてはおれません。母に早速伝えなければなりませんわ」

ロザリィの声が徐々に遠くなっていく。

「……申し訳ありません。悪い子ではないのですが、父親がいない家庭で育ったせいか、甘えられる相手を本能的に求めているようなんです」

「私ももう両親いないよ。代わりにじいじがいるけどね」

「その代わりがいなかったから、あぁなったんじゃろうな」

恋愛依存体質というより、いない父を求めてるんじゃろ。年上男性に異常な期待と理想を抱《いだ》いてそうじゃな。

「そうじゃ、ウコキナに聞きたいことが二つあるんじゃが……」

「なんでしょうか？」

「イレカンでやった出店形式の喫茶店《きっさてん》をここでもやっていいじゃろか？　あと、料理教室を頼まれたりするのかと思っての」

「お店はどこで開いていただいても問題ありませんよ。イルミナからも、悪《あ》しき慣習を壊《こわ》す為の好手《こうしゅ》だと聞いてますからね。料理教室もぜひお願いしたいところです。レシピを知るだけでなく、実演で学べるなら大変ありがたいことですので」

こんなに簡単に認めてもらえるとは。どうやら、大きい街ほど妙な縄張《なわば》り争《あらそ》いがあるんじゃろな。利権《りけん》やら利益やら繋がりやら……めんどくさいのぅ。

「そのうち開くじゃろうから、その時は報告するかの。この街でも、文句言ってくる輩《やから》は儂のレシピを使わせないように取り計《はか》らうんじゃろ？」

「毎度毎度使える手段ではありませんが、今回はいけるはずです。アサオさん考案のレシピを断《ことわ》り、利益を見逃すような程度の低い商人はいないと信じています」

儂と話すウコキナは笑みを絶やさんかった。

代金と引き換《か》えに香辛料を受け取って部屋をあとにし、そのままギルドも出たが、ロザリィの姿はやはりなかった。もちろん先ほどの喧騒《けんそう》も一切なく、平時の商業ギルドに戻ったようじゃ。

「いろいろあったが、まずは街中散策《さんさく》と食料の仕入れじゃな」

「はーい。気持ち切り替えて楽しくいこー」

街には、商品を台に陳列《ちんれつ》する、活気のある店が軒《のき》を連《つら》ねておった。魚介類をはじめ、肉、野菜、パンに小麦粉といろいろな食材が見受けられる。

そしてついに見つけたのが米じゃった。海を渡った先で作られているらしく、他の食料に比べるとかなりの高級品になっとる。あまり一般的でないからか、取り扱いはごくごく少量。一部の富裕層《ふゆうそう》が物珍しさから買う、嗜好品《しこうひん》的な扱いになっておるそうじゃ。

しかもうるち米ではなく、もち米とは……これなら団子が作れるのぅ。寒《かん》ざらし粉《こ》の作り方を知っとるから、白玉団子も問題なく作れるぞ。

「幸先《さいさき》よく良いものが買えたわい」

「また何か新しいものが出来るんだね。楽しみだな♪」

その後も市場をいろいろ巡《めぐ》れば、欲しいものがたくさんあり、目に付くものを端《はし》から買いまくってしまったわい。【無限収納《インベントリ》】にじゃんじゃん放り込んでいく儂を皆が見ていたが、仕方ないじゃろ。

本命の乾物で手に入ったのは一夜干《いちやぼ》しくらいじゃったが、それでも昆布、イカ、魚、貝を買えたのは嬉しいのぅ。干《ほ》し足りない昆布などは、自分で干し直せばいいだけなんじゃし。上手《うま》くいかないなら一から干したってできると思うからな。

「さすがに鰹節《かつおぶし》はないか。あれの詳《くわ》しい作り方は知らんし……我慢じゃな」

「まだ足りないの？　じいじが欲しいそれってそんなに美味しいの？」

一緒に買い物をしてきたルーチェは、まだ欲しいものがある儂に驚いとる。今日だけでもルーチェの見たことないものをかなり買い込んだからのぅ。

「鰹節はそれだけでも美味しいんじゃが……料理のダシに使えるのでな。キノコや干し肉を使ったスープは美味しいじゃろ？　それと同じようなことができるものなんじゃよ」

「うわぁ、それは欲しいね。じいじ作れないの？」

ダシを取ったスープの味を思い出したのか、喉《のど》を鳴らすルーチェ。

「茹《ゆ》でて燻《いぶ》して干すってくらいしか分からん。もしかしたら海の向こうにはあるかもしれんがの。この米を作ってる辺りなら作っとるかもしれん」

「ほんと⁉　なら今度はそこ行こうね！」

悪くはないが、食べ物で行先が決まるんじゃな。

家で待っとるロッツァ、クリム、ルージュへの土産として串焼きなどをたくさん買い、儂らは家へと帰るのじゃった。

《　5　カレーライス　》

「ただいまー」

ルーチェが家の扉を開け、元気に中へ入る。返ってきたロッツァの声は庭のほうからじゃった。

「おかえり。何か良いことがあったのか？　ルーチェ殿《どの》の機嫌《きげん》が随分《ずいぶん》と良いようだが」

「いろいろ新しいものが買えたからのぅ。きっと初めての料理が食べられると、晩ごはんに期待しとるんじゃろ」

「ほほぅ、それは我も気になるな。まだ時間があるが、もう準備するのか？」

庭に面した扉からぬっと顔を出したロッツァは、期待の眼差しを儂へ向けとる。ロッツァの横からひょこっと顔を覗《のぞ》かせるクリムとルージュも儂を見つめておる。

「そうじゃな、支度《したく》したほうが良さそうじゃ。またクリムたちをお願いしていいかの？」

「任された。時間になったら呼んでくれ」

クリムたちを連れ、ロッツァは再び砂浜へと移動していった。

「まずはカレールゥを作らないといかんな。香辛料もいろいろ揃《そろ》ったから、調合を試《ため》してみるかの」

【無限収納《インベントリ》】から香辛料を取り出し、テーブルに並べていく。と同時に寸胴鍋《ずんどうなべ》も取り出し、火にかける。その中にはダシ取りの為に塊肉《かたまりにく》をどぼんと放り込む。今まで仕舞ったままだった野菜くずも一緒に火にかければ、ダシと臭《くさ》み取りになるじゃろ。

「ピメント、唐辛子、ターメリック、クミン、パクチ……これはコリアンダーじゃな。あとは小麦粉と油も出しててと」

一つひとつを確認しながら、乳鉢《にゅうばち》へと入れすり潰《つぶ》していく。あとで比率を変えながら調合するので、混ざらんよう順番にやるんじゃよ。

「良い香りじゃ。これならいけるじゃろ」

潰した香辛料を乾煎《からい》りすれば、家中に香りが広がる。

「じいじ！　なんかいい匂いがするよ！　もうごはん？」

どこにいたのか、ルーチェが突然厨房《ちゅうぼう》へ顔を出してきよった。

「まだまだじゃ。これから肉や野菜を炒《いた》めて、煮込《にこ》むからのぅ」

「そっか。ならロッツァたちと遊んでくる。おなかぺっこぺこにしたほうがいいんでしょ？」

香りに刺激され、本能で察したのか、食事をとる上で最高のスパイスを得ようとルーチェは厨房から飛び出していった。

「こりゃ、ごはんもカレーも沢山《たくさん》用意しないとダメそうじゃな」

乾煎りした香辛料を火からおろし、別のフライパンに油を入れて温める。小麦粉を炒め、粉っぽさがなくなったら、炒めた香辛料を適量ずつ入れてさらに混ぜ炒める。これで簡単なカレー粉の完成じゃ。あとは好みで香辛料の比率を変えていく。そこが大変でもあり、楽しみでもあるからのぅ。香辛料の種類はこれからも増やさんとダメじゃな。

「タマネギをじっくり炒めて、にんにく、しょうがにカレー粉……で、塩で味を調《ととの》えたらルゥっぽいものの完成と」

最初に火にかけた寸胴鍋から塊肉を取り出し、ダシを確認。臭みが出ると使えないから、アク取りはこまめにしておいて正解じゃったな。野菜くずも鍋《なべ》から引き上げると、透き通った綺麗なスープの出来上がりじゃ。

「香りはあるが、臭みはなし。良いスープになってくれたようじゃ」

刻《きざ》んだ野菜をフライパンで炒め、鍋にどんどん入れていく。ダシ取りに使った塊肉もひと口大に切ってから鍋へ戻す。全体的にくたくたになったらルゥを入れて煮込んで完成じゃ。あ、塩で全体の味を調えるのを忘れるところじゃった。ぼんやりした味のカレーは美味しくないからの。

厨房備《そな》え付けの魔道具コンロの他に、旅先で使っているコンロも取り出して、合計で寸胴鍋五杯分用意した。これで足りんことはない……と思いたいのぅ……

「白飯も三升《さんしょう》炊《た》いたから十分じゃろ。万が一足りなくても【無限収納《インベントリ》】に入っとるしな。あとはパンで我慢してもらうか」

ルーチェたちを呼び戻そうかと、木枠《きわく》の窓へと視線を向けると、そこにはウコキナがいた。

「どうしたんじゃ？　まだ何か忘れてたかのぅ？」

「申し訳ありません。この香りで用件を忘れるところでした。昨日おっしゃっていた、時・・・・間経過するアイテムバッグをお見せするのを忘れていましたので、持ってきました」

窓越《まどご》しに手に持った袋を見せながらウコキナは答える。

「おぉ、すまんな。嬢ちゃんの件ですっかり忘れてたわい。せっかく来てくれたんじゃ、晩ごはんくらい食べていかんか？」

「一人分増えたところで変わらんからのぅ」

恐縮《きょうしゅく》しているウコキナに手を振りながら、儂は笑顔を見せる。

「ルーチェ、ロッツァ、クリム、ルージュ。晩ごはんじゃぞー」

「はーい！」

声をかけた途端に、ルーチェの元気な声が浜辺から聞こえる。

「皆で食べるなら庭じゃな。《清浄《クリーン》》で綺麗にするんじゃぞ」

「分かった。外で綺麗にして待つとしよう」

今度はロッツァが返事をする。

「さて、儂らも行こうかの」

ウコキナにも声をかけ、カレーの入った寸胴鍋とごはんを炊いた土鍋《どなべ》を【無限収納《インベントリ》】に仕舞う。

庭では既に二名と二匹が準備万端《ばんたん》待っておった。一つのテーブルの上に寸胴鍋と土鍋、もう一つのテーブルの周りに椅子《いす》を並べる。何個か《照明《ライト》》を浮かべると、周囲は昼間と見紛《みまご》うほどの明るさになった。

「あ、ウコキナさん、こんばんは」

「はい、こんばんは」

食事を前にして行儀《ぎょうぎ》良く挨拶をするルーチェとウコキナ。

「今夜はカレーライスにしてみたぞ。前に食べたカレーパンと違って、白飯と一緒に食べるんじゃ。少し辛いかもしれん。そんな時は漬物かピクルスで口直しすればきっと大丈夫じゃ」

皆の前にカレーライスとスプーンを置き、一緒にいただきますの挨拶。慣れていないはずのウコキナも儂らを真似ておった。

「じいじ、さっきよりいい匂いだね！　それで辛くておいしい！」

「ぴりっとくるが心地《ここち》よい。先日のカレーパンよりも美味《うま》いかもしれん……いやあれも美味かったから、どちらも美味い、でいいな」

ルーチェとロッツァはひと口食べると驚きの声を上げた。辛さに驚きつつも二名は二口、三口と食べ進める。一杯目のカレーライスが空になるのはあっと言う間じゃった。

「なんて複雑《ふくざつ》な香りと味なんでしょうか……強い辛味も後を引きます。こんな料理は初めて口にしますね。アサオさん、これも——」

「儂のいた地方では普通に食べておったぞ。美味いじゃろ？　これを作りたいから、いろんな種類の香辛料が欲しかったんじゃよ」

混ざりあった香辛料に五感を刺激されたウコキナは、食べる手を止めずに儂へ問いかけておる。

「この漬物とピクルスで口の中をさっぱりできるんじゃ」

勧《すす》めた皿から取った漬物を口に含むと、ウコキナは目を見開く。

「塩味だけなのに、なんでこんなに美味しいんですか？　こちらは……酸《す》っぱい！　でも美味しい」

「それを作るのにアイテムバッグが欲しかったんじゃよ。時間が経つと味がこなれてくるんじゃ。それに沢山作っても持ち運べないと勿体《もったい》ないからのぅ」

「味が変わっていくんですか？」

「保存する為だけの塩漬けとは違ってな、味の移り変わりを楽しめるんじゃ」

儂は顔をほころばせながらウコキナの問いに答える。その間もルーチェたちはおかわりを繰《く》り返しておった。既に土鍋が一つ空《あ》き、寸胴鍋の二つ目が空《から》になる寸前じゃった。

「難《むずか》しい話はまたにして、早く食べないとなくなるぞ？　ルーチェたちの食欲はすごいからのぅ」

「え？　あ、私ももう少し食べたいです！」

ウコキナが振り返ると、二つ目の寸胴鍋が空《から》になっておった。ルーチェはテーブルに戻ることもなく、おかわりを続けとる。何度もよそうので、戻るのも面倒なようじゃ。

「うん。美味いのぅ……ただもう少し改良できそうじゃな」

カレーライスを食べながら、より美味しくしようとあれこれ考える儂じゃった。

《 6 アイテムバッグ 》

「さて腹もふくれたところでウコキナの用件じゃな」

皆一様に満足そうな顔をしておる。ロッツァ、クリム、ルージュは横になり、ルーチェに至《いた》っては仰向《あおむ》けになって膨《ふく》れた腹を叩いとる。

「まんぷくー。しあわせー」

笑みを浮かべながらクリムたちを抱きしめるルーチェは、このまま寝そうじゃな。

カレーライスを食べ終えたウコキナを振り向くと、空《から》になった皿を食い入るように見ておった。

「香辛料を混ぜ合わせて調理すると、こんなにも美味しいのですね。でもこれだけの香り、味を出すとなると高いものに……」

「そうでもないんじゃよ。それぞれ使ってる量は少なくてのぅ。先に炒めてから潰す、逆にしっかり潰してから炒める、なんてことをちゃんとこなすと、香りと風味《ふうみ》が良くなるんじゃ。まぁ何事も基本と仕込みが大事ってことじゃな」

「はぁ、それは何となく分かります。アサオさん、このレシピは――」

「今日初めて作ったから、どこにも披露《ひろう》しとらんぞ。似たものならスールの宿屋で作ったがの」

儂が『初めて』と口にしたら、ウコキナの目が輝きよる。

「ギルドに戻り次第、すぐにでも登録させてください」

「香辛料自体が高級品じゃから流行《はや》るかは分からんぞ？　それでアイテムバッグはどうなんじゃ？」

このままカレーの話をしているわけにもいかないので、儂はさっさと話題を切り替えた。

「アサオさんに指定されたバッグの見本がこちらです。本来のアイテムボックスは、空間の拡張《かくちょう》と時間停止の魔法を付与《ふよ》された魔道具なのですが、これは拡張だけしか付与されておりません」

「魔道具を作る技師の習作辺りかの？」

「おっしゃるとおりです。技師の数は多くない上に、時空間魔法を操《あやつ》れるとなるとかなり限られます。その為、修業《しゅぎょう》の途中で出来るのがこちらのアイテムバッグなんです」

ウコキナはアイテムバッグを指さしながら丁寧《ていねい》な説明を続ける。

「ただ時空間魔法は、魔力を非常に多く消費します。一流の技師でも数ヶ月に一つ出来るかどうか……そんな事情もあって量産するのは難しく、習作であるアイテムバッグですら高価で、こちらも一人の職人につきひと月に一つも完成しません。付与に失敗すれば、バッグ自体も壊れますし、魔力もほぼ枯渇《こかつ》します。なので完成品のアイテムボックスを持てるのは、貴族や大商人くらいになってしまっています」

やはり【無限収納《インベントリ》】は目立ったらいかんのぅ。鞄で偽装《ぎそう》しているのは正解のようじゃ。

時空間魔法を付与して出来るなら、アイテムバッグは儂にも作れるかもしれんな。ただ拡張も時間停止も知らん魔法じゃから、先々の目標くらいにしておこうか。

「収納量は、小さいもので執務室にあった書類棚一つ分ほど、大きいものなら家一軒分くらいです。そして収納量の差がそのまま値段の差となっております」

見た目はどれも変わらない三つの麻袋には、タグのように『大』『中』『小』と札《ふだ》が付いておった。

「この『中』だとどのくらいなんじゃ？」

麻袋を指さしながらウコキナに問うと、

「そうですね……ロッツァさんが優《ゆう》に入るくらいでしょうか」

周囲を見ながら適当な目安を探《さが》して教えてくれる。

「ふむ。小さいものが二つもあれば事足《ことた》りるから買おうかの」

「ありがとうございます。ちなみに先ほどのピクルスは、どんな野菜でも出来るのですか？」

「大抵は出来ると思うんじゃが、葉ものや、水分の多いものは試したことないんじゃよ。そっちは塩漬けにばかりしてたからの」

「そうですか」

儂はウコキナからアイテムバッグを二つ受け取り、代わりに金貨を渡す。

「さすがにこんな時間に女性を一人で帰すのは危《あぶ》ないから、ギルドまで送るかの。ルーチェたちは皿やスプーンを片付けといてくれんか？」

「……はーい」

「……分かった」

若干眠《ねむ》そうなルーチェとロッツァから返事がくる。

「ご迷惑になりますし、一人で平気ですから」

「腹ごなしの散歩がてらじゃよ。そう思えば迷惑と思わんで済むじゃろ」

恐縮するウコキナに儂は笑顔を見せる。

「ではお言葉に甘えます」

ウコキナをお供に、街中までの散歩をのんびり楽しむ。

家に帰って庭先を見ると、綺麗に片付けられておった。ただ、眠さに負けたルーチェたちは、皆寝息を立てとった。

《 7 いろいろ仕込み 》

カレーライスから一夜明けた今日は、朝から海へ出ることにした。

「じいじ、魚釣《つ》るの？」

「魚は昨日買ったからの。せっかく海に来たんじゃ、海藻《かいそう》を探そうと思ってな」

「かいそう?」

いまいちピンとこないルーチェは首を傾げたままじゃった。

「海の中に生《は》える草……みたいなもんじゃよ。良いものが見つかれば、久しぶりに食べられると思っての」

「また新しい料理? 美味しいの? それ美味しいの?」

若干興味なさそうな雰囲気《ふんいき》を醸《かも》し出していたルーチェが、身を乗り出して儂に顔を近付ける。

「美味しいかは食べてからのお楽しみじゃな」

儂に詰《つ》め寄るルーチェの頭を撫《な》でながら笑ってみせた。

「アサオ殿、海中なら我が一緒のほうが良いだろう。ルーチェ殿にはクリムたちを任せてはどうだ?」

「それもそうじゃな。今日はロッツァと一緒にやろうかの」

「ええ～～」

ロッツァの提案に、ルーチェは明らかに不満な声を上げておる。

「潜《もぐ》って採っても、すぐに食べられるわけじゃないと思うんじゃよ。クリムたちと遊んでたほうがいいんじゃないかのぅ?」

「あ、そっか。いっぱい遊んで、おなかを空《す》かして待てばいいんだ。いってらっしゃい、じいじ、ロッツァ」

ルーチェは言うが早いか手を挙《あ》げ、クリムたちと一緒に砂浜に向かって駆《か》け出していた。元気なのはいいんじゃがな……

「……行くかの」

「……うむ」

『本日留守』と書いた板を扉に下げ、儂ら二名は海へ歩を進めた。ロッツァは自分に魔法をかけず、そのまま海の中へ入っていく。儂は服を脱《ぬ》ぎ、昔より筋肉質な身体《からだ》を海の中へ沈めていく。

『声を出せんが、念話のおかげで平気そうじゃな』

『うむ。ところでアサオ殿、どのような草を探すのだ?』

『赤いもやっとした草と、幅広《はばひろ》な布みたいなのがあるといいんじゃが……ロッツァは見たことあるかのぅ?』

儂が海面から海底を見回し、海中を泳ぐロッツァも周囲を眺《なが》め、一緒に探していく。基本ステータスのおかげか、儂らは息継《いきつ》ぎの間隔《かんかく》が非常に長かった。それでも幾度《いくど》となく水面に顔を出し、再び潜って海藻を探す。ロッツァは時に海底を歩くように探し、何度目かの息継ぎの後に、ようやく目当ての海藻が見つかった。

『これだけあれば十分じゃな』

『このような草が料理に変わるのか。アサオ殿の知識は底が知れんな』

『ロッツァの好みに合うかは、食べてみないと分からんがのぅ』

海藻を採り終えた儂とロッツァは、海から砂浜へ上がる。儂らを見つけたルーチェが駆け寄り、声を上げた。

「じいじ、なんかでっかいのが追っかけてきてない？」

「ん？　でっかいの？」

マップを確認すると、確かに敵意を示す赤点が近付いてきておった。儂らのいる波打ち際《ぎわ》からはまだ距離《きょり》があるものの、海面の一部が白波《しらなみ》を立てておるな。

「ありゃなんじゃ？　海の中では魔物に遭《あ》わんかったんじゃが」

「あれは……アルバかもしれんな」

「ロッツァが覚えとるほどの魔物なのか？」

頷くロッツァは言葉を続ける。

「大型の癖にかなり速い魔物だ。陸なら負けんが、海中となると分《ぶ》が悪くてな。流線形《りゅうせんけい》の大きく黒い身体を、力強い尾の力で推《お》し進め、相手目がけて突進してくる」

ロッツァが『かなり速い』と言うならかなりのもんじゃろ。それにしても、アルバ？　アルバコアのことかの？　それならマグロのはずじゃから、美味いんじゃないかのぅ？

ロッツァの話を聞いて、思案《しあん》しているうちに赤点は遠ざかっていった。

「ロッツァに用があったんじゃろか？　沖に帰っていったぞ？」

「ふむ。我が海に入ったので勝負を挑もうとしたのか、それとも魔力の強いアサオ殿に惹かれたのか……」

また儂が引き寄せたみたいに言われるのは心外じゃな。

「来ないなら放っておけばいいじゃろ。昼を食べたら今度は街中へ行くが、どうする？」

「街中に用はないな。我は砂浜でのんびり甲羅《こうら》干《ぼ》しをしよう」

「私はクリムたちとまだ遊ぶー」

昼ごはんは、昨日のカレーにチーズを載せて軽く炙《あぶ》ったドリアで、皆大満足じゃった。

午後は一人で街中を散歩し、いろいろ探す。料理に使う四角い木皿や木枠がないかと思ってな。見つからないにしても、木材をいろいろ買って自作できたら面白《おもしろ》いじゃろ？

それで木工所を目指して、のんびり街中を行く。

市場を巡ると、昨日は見かけなかった食材を多数目にすることができた。貝も魚もその日獲《と》れたものを売るから、当然じゃな。

目当ての木工所……工房では木枠を売っとらんかった。そもそも儂の欲しがるような木枠は大工の分野なので、工房では作ってないんじゃと。それなら自作するしかないのぅ。

隣《となり》に併設《へいせつ》されている材木屋で綺麗な端材《はざい》をいくつもまとめて仕入れると、切子《きりこ》、木屑《きくず》も好きなだけ持っていってていいと言われてほくほくじゃ。燃えない箱があれば、燻製《くんせい》もできるのぅ。このまま金物屋に行って、頼んでしまおうか。

善は急げじゃ。木工房から金物加工の店に出向き、縦横一尺、高さ二尺の蓋付《ふたつ》の鉄箱を依頼した。重くなるのは嫌じゃから、なるべく薄い鉄板でと頼んだから、安くなるかもしれん。それで安かろう悪かろうな粗悪品《そあくひん》なら、また別の金物屋で改めて買うしかないが……まぁ、何事も勉強じゃ。

数日あれば出来上がるらしいので、適当な時に取りに来ると伝えて金物屋をあとにした。帰りがけに出店で適当な惣菜《そうざい》を買って家へ帰ると、皆が腹を空《す》かせて待っておった。夕ごはんを済ませ、ゆっくり一服して、皆で眠りについたのじゃった。

《 8 竹とんぼ 》

木枠が欲しくて出かけた木工所には、竹材が置いてあった。【無限収納《インベントリ》】の中に仕舞ってある篠竹《しのだけ》と違い、太い真竹《まだけ》のようじゃ。街の北東側の山際《やまぎわ》に自生しているらしいので、今度採りにいくのもいいかもしれん。今回は何本か譲《ゆず》ってもらえたから、家に戻って早速加工じゃ。

節毎《ふしごと》に切り分けてから、さらに細長い棒へと切り分ける。先の細い部分は節《ふし》を残したままにしておく。

棒状《ぼうじょう》になった竹を10センチほどの長さに切り揃え、両端の厚《あつ》さが同じくらいになるよう仕上げていく。

表面を斜《なな》めに切り出し、裏面は厚さを整《ととの》える為に削る。中央に開けた穴に軸《じく》となる竹ひごを差し込めば完成じゃ。

怪我をせんように面取りもしっかりしとるぞ。

「ルーチェー、ちょっと来てくれんか？」

砂浜で遊ぶルーチェが笑顔で駆け寄ってくる。

「なにか出来たの？」

「竹とんぼというんじゃが、こうやって飛ばして遊ぶんじゃよ」

儂が軸を手でこするように押し出すと、竹とんぼは天高く舞い上がる。

「うわぁ！　飛んでるよ！　魔法？」

キラキラ目を輝かせるルーチェは、竹とんぼを追いかけて砂浜にまた駆けていった。

「アサオ殿！　何か飛んできたがこれは？」

「儂が飛ばした竹とんぼじゃ。海まで行くようならロッツァが拾ってくれるか？」

「分かった。なんとかしよう」

まだ空にある竹とんぼだけを見ているルーチェは、そのままロッツァへと突進していく。

「ルーチェ、ロッツァに当たるからちゃんと避けるんじゃぞ」

「はーい」

儂が言い終わる前にルーチェはロッツァを飛び越え、まだ追い続ける。砂浜から海に風で流されていた竹とんぼは、高度を下げながら再び陸へと戻ってきてるようじゃ。

クリムとルージュも、何が面白いのかルーチェを追いかけてる。

「よく飛ぶのぅ。いくつか作って喫茶アサオで売ってみてもいいかもしれんな」

試作した分は問題なさそうじゃ。とりあえず何個か仕上げてから、量産にとりかかるかのぅ。

「さて次は細い先っぽ部分を竹けん玉にしてみようか」

先ほど残した細い節を、正面《しょうめん》から見て凸《とつ》型になるよう切っていく。凸型の先端《せんたん》に穴を開け、輪切《わぎ》りにした竹の玉と結《むす》べば、それだけで出来上がり。

球を使うけん玉より簡単じゃから、飽《あ》きが早いかもしれん……が、小さい子なら楽しめるじゃろ。

「よっ。ほっ。そりゃっ」

……久しぶりにやると案外楽しいのぅ。糸の長さで難易度《なんいど》も変えられるから、こりゃ面白いわい。

「あー、じいじ、またなんかやってる」

竹とんぼ片手に帰ってきたルーチェが、目ざとく見つけてきた。

「これは移動しないで遊ぶから、ルーチェの好みではないかもしれんぞ?」

「そうなの?　走りながらもできそうじゃない?」

それは違う遊びじゃ。走りながらけん玉となると、儂も知らん新《あら》たな競技になりそうじゃな。

「竹とんぼには飽きてしまったんか?」

「違うの。上手く飛ばないから、じいじ教えて」

眉《まゆ》を下げながら若干の涙目《なみだめ》で訴《うった》えかけるルーチェ。

「それじゃ一緒にやろうかの。こうやるんじゃよ」

ルーチェと横並びになり、軸を手でこすり合わせて押し出すと、再び竹とんぼは舞い上がった。

「こう?」

儂と同じ動作をするルーチェの竹とんぼも空へと飛び出す。

「わぁ!　飛んだ!　飛んだよ、じいじ!　ありがとう!」

言いながら二つの竹とんぼを追いかける孫を、優《やさ》しい眼差しで見やる儂じゃった。

《 9　ところてん 》

水洗いと乾燥、ごみ取りを数度繰り返した、皆から見ればただの赤い海藻を、今日はやっと仕上げられるんじゃ。ワカメと一緒に採ってきたこの天草《てんぐさ》をところてんにしたくてのぅ。ついでに寒天《かんてん》にまで出来ると、甘味はもちろん、料理の幅《はば》が増えるはずなんじゃよ。

「じいじ、今日はなにするの？」

「今日はこの海藻を料理するぞ。出来上がるまで時間がかかるから、ロッツァたちと遊んでるといい」

「はーい。じゃぁ竹とんぼで遊んでる」

儂が笑顔で話すと、ルーチェは竹とんぼを手に浜辺へ歩いていく。

今日も天気が良いから、庭先にコンロや鍋を並べて取りかかる。

「まずは日本と同じようにできるか試そうかの」

湯の沸《わ》いた片手鍋に、乾燥させた天草をひとつかみ入れて煮立《にた》てる。

酢《す》を入れるのを忘れちゃいかんぞ。なんでか知らんが、大事なんじゃ。酢を入れないで煮ても出来るんじゃが、それだとかなり時間がかかったからのぅ。教わったやり方でやるのが無難《ぶなん》じゃし、先人の知恵を馬鹿にしちゃいかん。

一度沸騰《ふっとう》させてからは、じっくりことことのんびりじゃ。鍋底にくっつかないようにゆーっくりかき混ぜながら、天草がとろとろになるまで三十分くらいかの。

くたくたになった天草を鍋から取り出して、煮汁を布で濾《こ》して絞《しぼ》る。熱いが、今の儂は我慢できるからの。煮汁をボウルや器に注いで、そのまま冷ませば完成じゃ。表面にできた泡《あわ》を丁寧に取り除《のぞ》くと綺麗なところてんになるから、妥協《だきょう》しないでしっかりやらんとな。美味しいものの為なら多少の苦労は惜《お》しまんよ。

「大丈夫そうじゃな」

淡《あわ》い金色のところてんの出来に、儂は思わず満面の笑みを浮かべてしもうた。

「よく婆《ばあ》さんと一緒に作ってたもんじゃ。しかし、男が台所に入ることを嫌がらない不思議なカミさんじゃったな……」

懐《なつ》かしいところてんを見つめていると、先に逝《い》ったカミさんを思い出し、ほんの少し湿《しめ》っぽくなってしまったな。

「婆さんの料理が今も役立ってるからのぅ。煮物、焼き物、揚《あ》げ物、お菓子、ちょっとだけ豪華《ごうか》な料理も、どれもが婆さんの味じゃ。ありがとな」

儂は笑顔のままなんとなく感謝の言葉を口にしておった。

「おぉ、そうじゃ。一度煮ただけで天草を捨てたら婆さんに怒られるわい。二回は使えるからの」

引き上げた天草をもう一度鍋に戻して茹でる。下茹《したゆ》でされているからなのか、一回目より早くとろとろ成分が出てくるんじゃよ。またのんびりかきまぜながらじっくり煮出《にだ》す。

二度目のところてんも、淡い金色の綺麗なものに仕上がった。

「さてと、あとは味付けじゃな……しまった、黒蜜《くろみつ》がないのぅ……仕方ない。今日は煮詰《につ》めた糖蜜《とうみつ》と酢醤油《すじょうゆ》で我慢じゃな。いろいろ作ると欲しいものも増えていくから不思議じゃ。またじっくりと市場を巡って探さんとな」

天突きを用意し忘れていたので、包丁で細長く切れば、それっぽい形になった。

「箱、押し棒は作れる……刃は……イレカンで買ったメタル糸が余ってるから大丈夫そうじゃ」

器に盛《も》られたところてんを片手に、【無限収納《インベントリ》】の中を覗きつつ、儂は天突きを自作する算段を立てていた。

とりあえず酢醤油をところてんにかけて、ひと息にする。

「うむ。美味いのぅ。この若干残った磯《いそ》の香りがたまらん」

酢醤油とところてんの味に大満足の儂じゃった。

「さてと、寒天にするには、凍《こお》らせてから戻せばいいんじゃったかな？」

呟きながら《氷壁《アイスウォール》》でところてんを覆《おお》い隠す。カチコチになったところてんが、今度は天日にさらされ溶《と》け出し、中の水分も一緒に抜けていく。ほんの少し残った水分も《乾燥《シーズン》》で飛ばして、寒天は出来上がり。

「若干触《さわ》り心地《ごこち》が違うが……良さそうじゃな。しっかり寒ざらしされたものと同じ品質を求めるのが間違いじゃろ。一朝一夕《いっちょういっせき》で職人と同じ領域には届かん。儂ができるのはここまでじゃ」

本物を思い出しながら自作の寒天を触るが、触感《しょっかん》が随分と違う。今はこの出来で納得するしかないのぅ。

寒天の出来の確認の為に、そのまま果実水に溶かし込んでゼリー風に仕上げると、時を計ったかのようにルーチェたちが遊び疲れて帰ってきよった。

「なんか私みたいなのがいる！」

ぷるぷるの果実ゼリーに興味津々なルーチェは、目を輝かせていた。ロッツァたちも見たことのないぷるぷるに興味を示しとる。

「アサオ殿、これはスライムではないのか？」

「違うぞ。果実水を柔らかく固めた、寒天ゼリーというんじゃよ」

肉とは違い、どう出来たのかも分からない目の前のゼリーに、ロッツァは恐れることなくかぶりつく。

「む。歯ごたえがない……果実の味はするが、全く違うな」

「ぷるぷる美味しいー！　なにこれ！　ものすごいぷるぷる！」

笑顔のまま声を張り上げるルーチェは、目を見開いておる。ひと口食べては声を上げ、また口に含んでは叫んでおった。

「これでは腹に溜《た》まらんな」

「腹を満たしたあとに食べるもんじゃからな」

ロッツァの指摘に、儂は言葉を返す。確かにロッツァのような身体の大きい者は、デザートだけで腹を膨らますのは大変じゃろな。

「小腹が空《す》いた時に食べるなら、こっちのところてんを酢醤油で食べても美味いんじゃ」

ルージュとクリムは、酢醤油とところてんを気に入ったようで、おかわりをせがんできた。甘いゼリーでなく、こっちを気に入るのか。

「美味しかったー。じいじの言う通り、夕ごはんのあとにまた食べようね」

「まだ夕飯までは時間があるのぅ。今夜は何が食べたいんじゃ？」

「「魚」」

ロッツァとルーチェが口にした単語は一緒じゃった。

「じゃぁ魚で適当に作ろうかの。また遊んでくるといい。帰ってきたら夕飯じゃ」

「はーい！」

煮魚を仕込み始めた儂は、砂浜へ向かうルーチェたちを笑いながら見送るのじゃった。

《 10　すり鉢《ばち》、すりこぎ、炒《い》り大豆 》

家でのんびり、日本で作っていた料理を再現しつつ、ふらっと市場を巡る。そんな毎日を過ごしながら、おろし金、黒糖《こくとう》、鰹節を探していたのじゃが、軒先《のきさき》に並ぶそれを思わず二度見してしまった。

大豆じゃ。すり鉢とすりこぎもついでに見つけた。もち米と同様、海の向こうの国から少しばかり運ばれとる品らしい。これは対岸の国への期待が膨らむばかりじゃな。

もち米と同じく、この辺りでは大豆もあまり売れる品ではないそうで、在庫がある分のほとんどを売ってもらえた。試しに仕入れたはいいが、在庫を抱えることになったので悩《なや》んでいたそうじゃ。儂にも店主にも益がある良い取引ができたわい。

しかし、味噌《みそ》と醤油は木の実なのに、大豆は大豆なんじゃな……不思議なもんじゃ。

店主といろいろ話してみたところ、どうも海の向こうの国は日本に似た所のようじゃった。レーカス辺りとは違い、非常に寒い土地で、服装、髪型、肌の色もまるで違うそうじゃ。

勿論《もちろん》食文化も違うらしく、保存食の発展が著《いちじる》しいらしい。腐《くさ》ったような臭いの野菜、表面が塩で覆われた真っ白な肉や魚、かっちかちに乾燥した麺《めん》などなど。

米や大豆は売れそうだったので仕入れたが、他は買い手を見込めなかったのでやめたんじゃと。見たかったのぅ。今後の行き先候補《こうほ》の最有力にするべきじゃな。

店主と別れて金物屋に足を運ぶと、燻製器が出来上がっておった。代金と引き換えに燻製器を受け取り、【無限収納《インベントリ》】へ仕舞う。おろし金の説明をすると、早速作ってくれた。

手のひらサイズの鉄板に穴をいくつか開けて、表面をのみや彫刻刀《ちょうこくとう》で起こす。そんな説明だけでおろし金を仕上げてくれた。本職はやはり違うのぅ。

オーダーメイドのおろし金も受け取り、ほくほくのまま儂は家に着いた。

「さて、今日もいろいろ買えたのぅ。大豆、すり鉢、すりこぎと揃ったなら……きな粉じゃな」

【無限収納《インベントリ》】からフライパン、大豆、すり鉢、すりこぎ、砂糖を取り出す。

大豆を炒ってから、すり鉢できな粉へとすっていく。若干粗《あら》いので、乳鉢でさらにすり潰す。

砂糖と混ぜたら準備完了じゃ。

「もち米を炊いて餅《もち》にせんといかんな。寒ざらし粉もまだ作ってなかったのぅ」

もち米を炊くのと一緒に寒ざらし粉の準備をしていく。綺麗な水がたくさん必要なので《浄水《ウォータ》》が大事になるんじゃ。

「餅つきはルーチェにやらせるか。単純な作業じゃが、楽しんでくれるじゃろ」

臼《うす》も杵《きね》もないが、すり鉢でできるからのぅ……ルーチェなら最悪、拳《こぶし》でも作れそうじゃがな。儂は寒ざらし粉の仕込みをしながら、餅つきの準備も同時にこなす。

「じいじ、おなかすいたー」

もち米の炊き上がりを見越《みこ》したかのように、ルーチェたちが砂浜から帰ってきた。

「お帰り。ルーチェにひと仕事頼みたいんじゃ。これをついて餅にしてくれるかの」

「突く？　こう？」

腰の入った正拳突《せいけんづ》きを儂に見せてくれるルーチェ。

「この中で捏《こ》ねて、押し潰して、つくんじゃよ」

すり鉢を指さし、ざっと動いて見せると、ルーチェは納得したようで餅つきを始めてくれた。

「おぉぉ！　なんかにちゃにちゃしてるよ。これでいいの？」

「そのまま続けておれば餅になるからの。しばらく頑張《がんば》れ」

普段やらない作業が楽しいみたいで、ルーチェは笑っとる。そんなルーチェを横目に、儂はもち米にたっぷりの水を吸わせ続けとる。

「じいじ、なんかみょーんって伸びてきた！」

「そろそろ完成じゃ。少しだけ光ってきたじゃろ？」

「てかってきた」

伸び、照《て》りを見せる餅に、ルーチェは興奮《こうふん》しっぱなしじゃ。

「適当にちぎって、醤油に海苔《のり》、ダイコンおろしなんかを付けて食べるんじゃ」

市場で買ったダイコンも、おろし金でちゃんとおろしとる。

「ひと口で頬張ると喉に詰まって危ないから気を付けるんじゃぞ」

クリムとルージュの前に餅を並べながら皆に注意を促したが、あっという間に食べ終えておったわい。もち米、一升も炊いたんじゃが……

「美味しいねー。まだまだ食べられるよ」

「この餅というのは美味いな。するっと入っていくらでも食べられそうだ」

ルーチェとロッツァに同意するかのようにクリムたちも頷いておった。

「まだ食べるならまた炊くが、どうする？」

「はい！　食べたいです」

「我もだ」

元気よく手を挙げるルーチェに賛同し、皆が勢いよく首を縦《たて》に振っておる。

「なら炊こうかの」

次のもち米を炊き始めてしばらくすると、ルーチェたちが驚きの表情を見せていた。

「じいじ、あれだけしか食べてないのに、なんか苦しくなったんだけど……」

「そうじゃろうな。餅はかなり腹が膨れるからのう。今食べないなら、ついた餅を【無限収納《インベントリ》】に仕舞っておこうか」

「はーい」

炊き上がったもち米は、ルーチェに素早くつかれて餅になる。皆それなりに腹が膨れておったが、つきたての餅の誘惑に負け、それぞれ二つずつだけ食べて、ごちそうさまとなったのじゃった。

《 11 マグロ 》

「おい、聞いたか？　アルバが現れたそうだぜ？」

「え？　近海に来ることなんてほとんどなかったじゃないか。なんでまた」

「知らねぇよ。港にいた魚人族が、沖から浜に向かってたのを見たらしい」

ルーチェと二人、店先の野菜を見とったんじゃが、市場へと向かう道すがら、通りを歩く若い青年二人の会話に気を惹かれてしもうた。

「じいじ、アルバってこの前のあれ？」

「じゃろうな。住人にまで噂《うわさ》が広まってるところをみると、なかなか有名な魔物なんじゃろ」

沖に立った白波も大きかったし、青年たちの表情や口ぶりからは迷惑な魔物のようじゃのう。しかし、本当にマグロなら儂としては欲しいところじゃな。

「今期はアルバに何隻《せき》沈められた？」

「二桁《ふたけた》に乗ったのまでは聞いたが、細かい数字までは分からねぇな」

「海を走る船に体当たりかまして、大穴開けるんだろ？　信じらんねぇよ」

「あぁ、魚人族も人魚族も、海に放り出されたって何の問題もないけど、そう何度もやられたんじゃ漁ができないからな」

「沈められる度《たび》に、魚の値段が上がるのが困りものだよ」

青年たちだけでなく、そこかしこで老若男女《ろうにゃくなんにょ》が噂をしておる。

「ん？　魚人と人魚がおるのか？」

「あら？　知らないの？　魚人さんと人魚さんが魚を獲ってくれてるんですよ？」

ふと口をついた疑問に、八百屋《やおや》のおかみさんが答えてくれた。

「海で何かあっても、魚人さん、人魚さんなら戻ってこられますから、漁師をやってくれてるんです」

「適材適所《てきざいてきしょ》ってことなのかの？」

野菜を受け取り、代金と交換。

「そうなりますね。はい、丁度《ちょうど》頂きました」

「会ってみたいね。魚人と人魚に」

「そうじゃな。まぁ漁師ならそのうち会えるんじゃないかのぅ」

まだ出会ったことのない種族に、ルーチェは目を輝かせておる。どちらもレーカスには普通に住んどるそうじゃから、そのうち会うこともあるじゃろ。

買い出しも終わり家へ帰ると、波打ち際でロッツァたちが遊んでいた。

「帰ったぞー。昼ごはんにせんかー？」

ロッツァが儂へ首を向けるより早く、クリムたちが駆けてくる。遊んで腹が減ったのかのぅ。

「む……アサオ殿、少し待ってもらえるか？　歓迎したくない客が来たようだ」

振り返ったロッツァが再び沖を見ながら、しかめっ面《つら》をしていた。

「あー、この前のあれが来たのかー。アルバだっけ？　さっき市場で皆が話してたよね」

「そうじゃな。ロッツァに挑みに来たのかのぅ」

「かもしれん。昼飯の邪魔《じゃま》をするとは……一つ懲《こ》らしめてやろう」

食事の恨《うら》みが直結したんじゃろうな。ロッツァからにじみ出る怒りのオーラが視認《しにん》できそうじゃよ。

「手伝いは……必要なさそうじゃな。ロッツァの好きな昼ごはんにするが、何がいい？」

「肉を使ったどんぶりがいい。では行ってくる」

颯爽《さっそう》と海へと入っていくロッツァの背中を見送り、早速すき焼き丼の準備をする。ちゃちゃっと出来て豪華なほうがロッツァへの褒美《ほうび》になるじゃろ。

醤油、酒、砂糖で割下《わりした》を作って、肉を薄切りに、ネギも長めに切って準備万端。豆腐《とうふ》、しらたきなどがないのは残念じゃが仕方ないのぅ。我慢じゃ。

ネギに焦《こ》げ目が付く程度まで焼いたら、薄切り肉を焼いて割下でひと煮立ちさせれば完成。あとはごはんに載せるだけじゃな。温泉たまごも用意しといてやるか。

「あ、じいじ、ロッツァ帰ってきたよ。アルバ咥《くわ》えてる」

料理の様子を見ながらちらちら沖を観察していたルーチェが、いち早くロッツァを見つけたようじゃ。

「真正面から向かってきたので、ぶちかましてやったら一撃だった。まだまだ若いアルバだったのかもしれん」

波打ち際にアルバを置くと、ロッツァは一目散《いちもくさん》に儂のもとへと駆けてきた。

「アルバなどもういい。腹が減った。アサオ殿、もう食べていいのか？」

儂の傍《そば》へ駆けながらロッツァは自分に《清浄《クリーン》》をかけて、どんぶりの前に焦《あせ》るようにしゃがみ込んだ。

「皆が揃ったところで……いただきます」

「「いただきます」」

手を合わせて声を上げるルーチェと、頭を下げるロッツァ。

「美味い！　甘辛いタレがまたごはんに合う！」

「このとろとろのたまごもいいね。ごはんにも肉にもよく絡《から》んでるよ」

目を細め、豪快《ごうかい》に食しながらも味わうことを忘れないロッツァ。ルーチェはすき焼きと相性《あいしょう》の良い温泉たまごに頬《ほお》が緩《ゆる》んでいる。その足元ではクリムが黄身《きみ》を舐《な》め、ルージュががつがつ食しておった。

「ところであのアルバは食べられるのかの？」

「どうだろうか？　我は一度も食べたことはないな」

首を傾げるロッツァを横目に鑑定《かんてい》をすれば、『赤身の美味しいマグロ』と出ておった。どうも儂の鑑定は、食べられるかどうか、美味いか不味《まず》いかに偏《かたよ》っとる気がするんじゃが……

「美味しいみたいじゃ。似たような魚を知っとるから、料理もできるじゃろ。あとで解体していろいろやってみるかのぅ」

「へぇー、あれ食べられるんだ。じいじ、美味しいのをお願いします」

食べられるとなったら興味を示すのか……本能に素直な孫じゃな。

「アサオ殿が手をかけるなら美味いものになりそうだ。となると、昔倒した奴らをそのままにしたのが悔《く》やまれる」

「どうなるか分からんがの。ま、やるだけやってみればいいじゃろ」

マグロ料理だと何がいいかのぅ。刺身、煮る、焼く、唐揚げあたりはすぐできそうじゃな。鮮度《せんど》がいいからはらわたも使えるかもしれん。となると煮付けか炒め物が無難じゃが……解体しながら鑑定して、料理法を決定せんとならんな。

《 12　平焼き巻きパン 》

「日本でも、片手で足りるくらいしか見たことのないマグロの解体を、自分ですることになるとはのぅ」

波打ち際のアルバを見ながら、儂は呟いてしまった。ルーチェたちは庭先でのんびりと、食後の腹ごなしの真っ最中。

「まぁ解体スキルがあるから問題ないじゃろ」

【無限収納《インベントリ》】から取り出した出刃包丁を片手にアルバを見下《みお》ろす。イスリールから最初に貰った包丁がこの出刃で、どうしようかと思っとったんじゃが、思わぬところで役立ったのぅ。三徳包丁と間違えてうっかりで入れたような気がせんでもないが……イスリール、ぐっじょぶじゃ。

頭、カマ、背、腹、尾、内臓と部位毎《ごと》にバラして、鮮度が落ちる前にどんどん【無限収納《インベントリ》】へ仕舞う。太く大きな中骨に残る身も丁寧に削《そ》いで、皿に盛ったらさっさと仕舞わんとな。

「刺身で食べられなくなる前に手早く済ませんと……せっかく生食可となっとるのに勿体ない」

大きくバラした身を再度取り出し、柵《さく》どりしてから赤身と中トロを刺身にして皿へ盛り付ける。それを悪くなる前にまた仕舞う。

「マヨネーズもあるからツナを作ろうかのぅ……たまに食べたくなるんじゃよな、あれは。骨も捨てるのは勿体ないから、ダシとりしてみるか。上手くいけばうどんつゆにできるじゃろ」

炙った中骨を水の入った寸胴に放り込んで、ことこと煮出す。これでダシは大丈夫じゃろ。

次に作るツナも、仕込みだけ済ませばあとは放置するだけで出来る。鍋を用意して、湯がふつふつと小さな泡を見せた頃にハーブ、塩、オイル、レモンを入れ、マグロの柵を沈める。それを弱火で少しだけ茹でて、一時間くらい何もせず置いとくだけで完成なんじゃよ。昔、間違って沸騰させた時は、パッサパサになってしまったがのぅ……余熱でも十分調理できると覚えた料理じゃから、感慨深《かんがいぶか》いものがあるわい。

「しかし、待っとる時間がもったいないから何か作るか。今ある材料で出来て手軽なものとなると……平焼き巻きパンあたりが無難じゃな」

ボウル、フライパン、小麦粉、塩、胡椒と次々材料を【無限収納《インベントリ》】から取り出し、テーブルに並べる。

小麦粉に水を少しずつ加えながらこねて、練《ね》って、丸めて寝かす。延《の》ばした生地《きじ》に細かく切った香味野菜と干し肉を入れて棒状に包み、渦巻《うずま》き型に丸めたら麺棒《めんぼう》でフライパンに合わせて延ばし、焼く。蓋をしてじっくりのんびり蒸《む》し焼きにすれば、表面の焦げ目がぱりぱり、中はもっちりな平焼き巻きパンの完成じゃ。

出来上がりを見計《みはか》らっておったのか、ルーチェたちが皆で儂の周りを囲んどる。

「……おやつに食べ――」

「食べます！」

儂が言い終わる前に、元気よく手を挙げたルーチェに遮《さえぎ》られた。

「おやつじゃから少なめじゃよ」

皆の前に二切れずつ並べたが、かなり好評だった。もうないのかと若干物足りなさそうな皆の顔が面白かったわい。また食べたいと乞《こ》われたからには、作らないといかんな。

おやつが終われば、皆はまた遊んだり、日向《ひなた》でまったりしたりなど思い思いの時間を過ごした。

儂は砂浜を歩いて食べられる貝を探したが、小ぶりな巻貝と二枚貝の貝殻《かいがら》が流れ着いておるくらいじゃった。

砂浜を少し掘《ほ》れば、小さな二枚貝が顔を出す。食べる以前にダシ取りにも小さすぎるわい。

浅瀬《あさせ》の岩場まで足を延ばしたが、フジツボやカメノテ、ヤドカリしか見つからんかった。もう少し大きい貝は潜らないとおらんか……

砂浜の散歩を終えて夕飯の仕込みを始めると、匂いに釣られた子供が数人窓から覗いとった。少しばかり背が足りなかったようで、皆ぴょこぴょこ飛び跳《は》ねとる。儂のような爺《じじい》が料理するのと、作るもの自体の珍しさも手伝って、興味を引いたらしい。

味見として小皿に盛った分を差し出したら、喜んで群《むら》がりおったわい。

まだ欲しそうにしとったんじゃが、あまり食べては家に帰ってからごはんが食べられなくなるでな、我慢してもらった。好評みたいじゃったからルーチェたちも気に入ってくれるじゃろ。


予想通り晩ごはんは大好評じゃった。赤身と中トロの刺身、カマの塩焼き、マグロダシのうどん、マグロモツの煮込みと、いろいろ仕込んだ甲斐《かい》があったな。煮込みは醤油味とトマト煮風にしたが、どちらも美味しかったと皆が笑顔を見せてくれた。

じっくり仕込んだ……というか放置したツナも、鍋から取り出してオイルを回しかけたから、しっとり仕上がっておったのぅ。マヨネーズと和《あ》えてツナサンドにしたところ、これも皆から高評価を得られてな。作った料理が喜ばれるのは、やはり嬉しいもんじゃな。

《 13　ジャムとピール 》

「美味し〜♪」

木さじを口に含んだルーチェが頬を緩ませ、目を細めておる。その足元ではクリムとルージュも跳ねとる。喜びを全身で表しとるんか？

「アサオ殿、これはまた随分と甘い果実だな」

「生の果実でなく、砂糖水で煮たものじゃよ。こっちは皮を煮てから砂糖をまぶしたのじゃ」

儂が朝から一人で黙々と炊いていたジャムの甘さに驚いたロッツァは、儂が指さしたピールを恐る恐る口へ運ぶ。

「む、こっちは苦《にが》みが程《ほど》よいな。我はこちらが好みだ」

「どっちも美味し～♪　少し苦いのも、甘いのもいいねぇー♪」

小躍《こおど》りしながらルーチェ、クリム、ルージュがピールとジャムを食べ続けとる。

「素材が良いからのぅ。焦げないようにじっくり煮詰める。たったそれだけで美味しくなるんじゃよ」

「私にもできる？」

「できるぞ。まだ沢山作るから手伝ってくれるか？」

「はーい」

目を輝かせて興奮気味に顔を寄せてくるルーチェ。その頭を優しく撫でながら答えてやると、ルーチェは嬉しそうに顔をほころばせた。

「なら一緒に作ろうかの。ルーチェは隣のコンロでやってくれ」

「はい！　じいじと一緒にやります」

儂と並んでコンロの前に陣取《じんど》り、拳を握りしめるルーチェは、気合《きあい》十分なようじゃ。

「まずは準備からじゃな。儂が皮を剥《む》くから、小房を開けて実を取り出して鍋に入れてくれるか？」

皮を剥いたレモンをルーチェに手渡す。この皮はピールの材料になる。

「酸っぱい！　これが甘くなるの？」

「酸味《さんみ》がゼロになることはないが、十分甘くなるぞ」

小房から実を外しながらつまみ食いをしたようで、ルーチェは目も口もぎゅっと閉じていた。

「剥けたら砂糖と一緒にじっくり煮るんじゃ。手早く混ぜると実が崩《くず》れるからの。大きく、ゆっくり混ぜていけば、実も残って美味しいジャムになるんじゃよ」

「はい。ゆっくり、大きくかき混ぜる」

まだ煮立ってもいないうちから、ルーチェは木べらで混ぜる。焦げないように混ぜるくらいでいいんじゃが……まぁ、実が潰れても、それはそれでいいじゃろ。ルーチェにジャム作りを任せて、儂はピール作りにかかろうかの。

レモンピールは苦みがあるから好みが分かれるんじゃが、ロッツァたちは気に入ってくれたようじゃ。

白い綿《わた》を多く残せば苦くなり、取り尽くせばほぼ苦くなくなる。それだけの違いで大きく味が変わるんじゃ。全部取り除いてしまうと味気《あじけ》ないから、少し残すくらいが儂の好みでな。これから作るのも儂の好みに合わせてある。

アク取りがてら二、三度茹でこぼしてから、砂糖水で煮る。水気《みずけ》が無くなるくらいまで煮詰めて、平《たい》らな板や大きな皿に広げる。その上から砂糖を全体に満遍《まんべん》なく振りかければ、あとは表面が乾《かわ》くまで置いておくだけじゃ。

「じいじ、なんかとろっとしてきたよ！」

「とろみが出たなら、鍋を火からおろして冷ますんじゃ」

「はーい」

ルーチェは鍋の取っ手をそーっと持ち、ゆっくりとテーブルの上へと運んでいく。

「これで完成？」

「冷めたら完成じゃよ」

「私でもちゃんとできた？」

「手順の間違いもないから大丈夫じゃろ。何か心配じゃったか？」

「料理あんまりしないから」

ルーチェは照れながら答える。

「何度もやってれば慣れるからの。また手伝ってくれんか？」

「はーい。じいじの手伝いちゃんとする」

満面の笑みを浮かべたルーチェに、儂は笑顔を返しとった。

先に仕上げたジャムとピールでおやつにしておると、そこへ先日料理の味見をさせた子供たちが母親と一緒に顔を見せた。家に帰ってから儂のことを話したらしく、そのお礼にわざわざ来てくれたそうじゃ。せっかく来てくれたんじゃからと、一服に誘ってみた。一組だけ仕事が残っているからと帰ってしまったが、少しばかりのおすそ分けを土産に持たせたら喜んでおった。残った三組の母子は儂らと一服するそうじゃ。

高価だと知れ渡っとるコーヒーや紅茶だと気を使わせるかもしれんから、ここは緑茶じゃな。《浄水《ウォータ》》と《加熱《ヒート》》で淹れた緑茶を母親たちの前へ置き、子供たちには緑茶は渋《しぶ》いかもしれんから果実水じゃ。

街で買ったパンにジャムを載せただけのジャムパンに、母子揃って目を丸くしとる。砂糖が高価だから甘味はほとんど口にする機会がないんじゃと。儂からすれば、元となる果実の味が良いから、砂糖の使用量はかなり少ないんじゃが、砂糖の値段は思ったよりも高い壁のようじゃ。ジャムは隠し味としても使える便利な保存食じゃから、オススメしたいところなんじゃがな……

皆ジャムを気に入ったらしく、笑顔じゃった。若干の苦みがあるピールは、子供一人と母親二人がお気に召《め》したようじゃ。子と親で好みが別なのは味覚の差かもしれん。

晩ごはんの支度もあるからと、適当な時間でお開きにしたが、子供たちは後ろ髪を引かれまくっておった。小鉢《こばち》に少しだけよそったジャムをお土産にしてあげたら、満面の笑みを見せてくれたから、良しとしておくかのぅ。

《 14　めんことかるた 》

それからしばらく、新しい食材を見つけては料理を作る日々を過ごしておった。が、久しぶりに料理以外のものを作りたくなってのぅ……木工所でもらった端材が沢山残っておるし、今日はおもちゃ作りをしようかと思っとる。まずは適当な板材で拵《こしら》えてみるか。

「厚紙《あつがみ》が欲しいところじゃが、売り物では見かけんかったしのぅ。どこの街のギルドでも紙を使っとったから、紙自体はあるはずなのに……市場に出せるほど生産できとらんのじゃろか」

庭先で端材を【無限収納《インベントリ》】から取り出し、長方形、正方形、丸形などに成形すれば下準備は終わりじゃ。あとは絵を描《えが》いたり色を塗《ぬ》ったりと、皆で楽しみながらやるのが吉じゃろ。

「皆、少し手伝ってくれんか？」

浜辺で遊んだり、漁をしたりしていた皆が、儂の声を聞きつけて戻ってくる。

「お手伝い？　美味しいもの作ってるの？」

「ルーチェ殿、食べ物は見えないぞ」

食べ物に期待するルーチェとロッツァの足元には、鼻を鳴らすクリムとルージュがおった。

「食べ物じゃなく、遊び道具じゃな」

「また飛ばすの？」

キラキラした目で儂の手元を覗き込むルーチェ。

「竹とんぼと違うから飛ばんぞ。今日作るのはめんことかるたじゃ」

「めんこ？」

「かるた？」

ルーチェとロッツァに釣られ、クリムたちも可愛《かわい》らしく小首を傾げとる。

「この板にいろいろ描こうと思ってな。思い思いに描いてくれんか？」

「描くの？　ロッツァたちには無理じゃない？」

ルーチェはルージュを抱えて前足を見せてくる。

「ふむ。ロッツァたちは足形でどうじゃ？　ぺたぺたやるだけじゃから、いけるじゃろ」

「それなら我でもできそうだ」

ルーチェに抱えられたままのルージュが頷き、ロッツァの足元におるクリムも首を縦に振ってくれた。

「私もぺたぺたするー」

「ルーチェは手形、足形の他にも好きに絵を描いてくれ。儂は文字を書くからな」

「はーい」

ルーチェはにこりと笑いながら答えよる。

「じゃぁ、やっていこうかの」

野菜や果実から絞った染料《せんりょう》に足裏を浸《ひた》し、薄板に乗せていくロッツァ。それを真似して、クリムとルージュはぺたぺたと同じことを繰り返す。ただ乗せるだけでなく、なびる、爪を立てる、引っ掻《か》くなども試しておるから、面白い模様《もよう》が出来そうじゃな。

ルーチェは小さな手のひらで一枚の板に何個も手形を押していき、拾った葉っぱも押し付けて模様を写す。じきにそれにも飽きたらしく、次はかなりデフォルメされたゴブリン、盗賊《とうぞく》、オーガ、トロールなどの魔物を描いておる。魔物シリーズが終わると今度は、ホットケーキ、かりんとう、ポテチ、テリヤキバーガー、とたくさんの料理が次々と薄板に描かれる。魔物と違い、こっちは妙にリアルなのはなんでじゃ？

その後ルーチェが描き出したのは食材じゃった。魚、鶏、牛乳、野菜、キノコと色とりどりの食材が板の上に色鮮《いろあざ》やかな姿を現す。やはり料理同様リアルなんじゃな。

描かれた絵の端に儂は一文字だけ書き足し、乾燥させる。読み札も一緒に作らないと間違えそうじゃ。まぁ難しい言葉は一切使わんから大丈夫かのぅ。

「じいじ、これで何するの？」

「ん？　めんこは叩きつけて遊ぶんじゃ。こんな風にな」

乾かしたばかりの薄板を、地面に並べてある薄板の隣に叩きつける。狙《ねら》い通り板は風圧で裏返され、ひっくり返った。

「うわ！　なんで？　魔法？」

「魔法は使っとらん。そんなもん使ったら反則じゃ。板が地面と触れる時に風が出るんじゃよ。上手いこと風が起きると、こんな感じにひっくり返る。で、ひっくり返った板は儂のもんじゃ」

儂はにんまりと笑いながら、叩きつけた板とひっくり返った板を拾い上げる。

「私にもできる？　やってみたい！」

一点の曇《くも》りもない眼でルーチェは儂を見上げてきた。

「儂のとっておきを置くから、やってみるんじゃ。今みたいにひっくり返すか、下を通せたら取れるってことにしようかの？」

茶柱が一本立つ湯呑みが描かれた板をそっと地面に置き、儂はルーチェから離《はな》れる。

「アサオ殿、その遊びは我らには無理だ。もう一つの遊びはどうなのだ？　我らにもできるだろうか？」

儂が離れたそばから板を叩きつけるルーチェを、ロッツァは少し羨《うらや》ましそうに見ておる。板を投げつけるルーチェの足元で、首を傾げるクリム。ルージュは叩きつけられた板から出る風が面白いのか、ルーチェの周りで跳ね回っとるな。

「かるたならロッツァたちでもできるじゃろ。儂が読む札を先に取った者の勝ちって遊びじゃ」

「ふむ。それならできそうだ。これも魔法は禁止だな」

ルーチェが描いた札をいくつも並べ、ロッツァとクリムを板を挟んで向かい合わせに陣取らせた。

「遊びで魔法を使っちゃダメじゃ。ロッツァは文字と絵で、クリムは絵で分かるじゃろ？　試しにやってみるか……『さかな』はどれじゃ？」

クリムがいち早く見つけて、札を咥えて儂へ見せてきよる。

「おぉ、正解じゃ。こんな風に先に取ったら勝ちで、最後に多く札を持ってた者が優勝《ゆうしょう》じゃ」

「相分《あいわ》かった。大きい我が有利となるか、それとも板まで近いクリムのほうが有利となるか……面白そうだ」

ロッツァは不敵《ふてき》な笑みを浮かべ、クリムは相変《あいか》わらずきょとんとした表情のままじゃ。

「怪我はさせるんじゃないぞ？　ならまずは……『かりんとう』はどーこじゃ？」

「かりんとう、かりんとう、かりん……」

呟きながら板を探すロッツァをよそに、クリムがひとっ跳びで札へと覆いかぶさる。

「ぬ！　そこだったか」

ロッツァの目の前に置かれた『かりんとう』板を咥え、クリムは飛び跳ねて喜んどる。

「灯台下暗《もとくら》しってやつじゃな。全体を眺めるか、一点集中で狙いを絞るか……そんな駆け引きもあるから面白いんじゃよ」

悔《くや》しがるロッツァにアドバイスをするが、逆に迷いの小道に誘《いざな》ってしまったのか、その後もクリムが板を取りまくった。

「……完敗だ。これは面白いな。こんな楽しいことを人族の子はできるのだな」

「ロッツァもできるじゃろ？　儂ら相手ならそうそう怪我をさせることもあるまい」

ロッツァに勝てたご褒美で儂に頭を撫でられたクリムは、目を細めて喜んでる。そんなクリムを優しく見つめるロッツァも笑みを浮かべとる。

「おぉー！　ルージュすごーい！」

ルーチェの驚きの声に振り向くと、ルージュの投げた板が茶柱湯呑みの板の下を通り抜けておった。

「……ルーチェでなくルージュがやるとはのぅ」

「この子らもなかなか面白い育ち方をしているからな。将来が楽しみだ」

幼い子らを優しく見守る、儂とロッツァじゃった。

《 15 炊き込みごはん 》

「……今日は炊き込みごはんを作ろうかのぅ」

「炊き込みごはん？」

日が傾き始めた頃、儂とルーチェは庭先でのんびり一服しながら、かりんとうをつまんでおった。ロッツァ、クリム、ルージュは庭先での日向ぼっこ真っ最中で、ここにはおらん。

「米をいろんな具材と一緒に炊くんじゃよ。それだけでも美味しいから、おにぎりにしてもいいのぅ。おかずが別にあると何か得した気分にもなるんじゃ」

「へぇー。じいじがそこまで言うなら美味しいんだろうね。今日はそれを作るの？」

「そのつもりじゃ……ルーチェも手伝うか？」

「うん。一緒にやる！」

ルーチェはかりんとうをお茶と共に飲み込むと、元気よく頷いた。

「ならまずは手を洗ってな」

「はーい」

わざわざ手を洗わずとも《清浄《クリーン》》一つで事足りるんじゃが、なんとなく手を洗いたくなるのは、日本人としての感覚の名残《なごり》なんじゃろうな。ステータス上は『まだ人族』なんてことになっとるが、ヒトをやめたとも、日本人でなくなったとも、儂は思ってないからのぅ。

「じいじ、綺麗になったよ。何すればいい？」

「米を研《と》ぐのと、材料を切るの……どっちをやってみたい？」

「切ってみたいです！」

儂が【無限収納《インベントリ》】から食材を取り出して並べておると、ルーチェからかぶせ気味に答えが返ってきた。

「なら野菜を小指の先くらいに小さく切ってもらおうかの。その間に儂は米を研ごう」

「小指の先だね。分かった、やってみる」

自分の小指と根菜《こんさい》を交互に見ながら、ルーチェは真剣な眼差しで包丁を握った。

「小指、小指、小指、小指……」

呪文のようにぶつぶつと小声で唱《とな》え続ける。それだと小指が具材みたいで嫌な感じじゃな。

「そんな厳密《げんみつ》にやらんでも平気じゃよ。おおよそそのくらいってだけじゃから」

「小指、小指、小指、小指……」

こりゃ、儂の声は届いてなさそうじゃ。ぱぱっと研ぎ終えた米に水を吸わせる間に、儂はルーチェの隣へ戻る。

「こんな感じでやるんじゃ」

レンコンを繊維《せんい》に沿《そ》って1センチの厚さに切り、重ねてからまた1センチの太さの短冊へと切る。それから90度向きを変えて、再び1センチほどのサイコロに切っていく。

「おぉぉぉ……魔法みたいにたくさん出来たね。そうやるんだ」

「ルーチェも何回かやれば、このくらい簡単に出来るようになるぞ。要は慣れじゃよ」

ルーチェは目を丸くし、きらきらした瞳で儂が切ったレンコンを見ておる。

「そうだね。慣れないとね。いいところに蹴《け》りを当てるのと同じだね」

にこやかに物騒《ぶっそう》なたとえをする五歳児……間違ってはないんじゃ……うん、間違っては。

「ニンジンも同じようにしたら、次は肉も切ろうかの」

「はーい。お肉も入ったごはんなんだ」

炊き込みごはん作りと並行して、おかずとなる煮物もいくつか作ろうかのぅ。炊き込みごはんに合わせるから今日の汁物は具を少なめにして……ワカメとネギの味噌汁あたりじゃな。こうなると豆腐がないのが少々悔しいのぅ。大豆を手に入れたからこその悔しさなんじゃろな……確か海水を煮詰めれば、にがりになるんじゃったか……

「じいじ、切れたよ。次は?」

そんな風に考えていると、ルーチェに催促された。いかんいかん、今は炊き込みごはんじゃ。豆腐とにがりはまた今度にしよう。

「全部をさっと炒めてから、土鍋に入れて炊くだけじゃ。味付けは昆布ダシと醤油じゃな」

「炒めるならフライパンだね。どのくらいやるの？」

「肉の色が変わったら野菜を入れて、少しだけ透明になったくらいかのぅ。そこまでできるか？」

「たぶん大丈夫。やってみるね」

少しだけ油をひき、肉から炒める。フライパンに焦げ付かないよう木べらで軽く混ぜ、レンコン、ニンジンも入れて更《さら》に炒め合わせる。野菜に油がまわり、火も通り出したので、少しだけ色が透けてきたな。

「じいじ、このくらい？」

「おぉ、いい出来じゃ。土鍋に入れて、あとは炊いたら完成じゃ」

「わーい。楽しみー。で、じいじは何してるの？」

両手を挙げて万歳《ばんざい》をするルーチェは、儂の料理が気になったのか、土鍋を覗き込む。

「魚を一匹使った炊き込みごはんじゃよ。軽く炙った魚とショウガを入れて作るんじゃ。ルーチェの作る炊き込みごはんだけだと足りないかもしれんからな」

土鍋に研いだ米と昆布ダシを張り、ほんの少しの醤油で香り付け。はらわたを取り除き、炙って臭みを抑《おさ》えた魚を一尾丸ごと載せて、薄く切ったショウガを数枚。あとは炊くだけじゃ。

「魚でもできるんだね。おかずと一緒になったごはんかぁ……楽しみだね」

「あとは煮物をいくつか作って晩ごはんじゃな」

ワカメ、天草と一緒に採ってあったヒジキの煮物、きんぴらごぼう、おひたし、煮魚、ラビの醤油煮と、儂はおかずを次々作り上げていく。

「おぉ！　おかずがいっぱいだ！」

「今日だけで食べきるわけじゃないからのぅ。ヒジキやきんぴらは、今度別に使うから、その仕込みも兼《か》ねて作ったんじゃ」

「何に変わるの？」

「白いごはんと和えた混ぜごはんじゃよ。炊き込みごはんとはまた違った美味さなんじゃ」

「ただ混ぜただけなのに？　一緒に食べれば同じじゃないの？」

ルーチェは至極《しごく》真っ当な疑問を儂にぶつけてきよった。

「なんでか知らんが、美味くなるんじゃよ」

「ふーん。まぁ食べてみれば分かるか。今日作るの？」

「今日はいいじゃろ。明日の昼あたりが順当かのぅ」

「昼？　朝は？」

ルーチェが小首を傾げる。

「炊き込みごはんのおにぎりじゃ。だから昼なんじゃよ」

「……朝の分まで残るかな？　ロッツァたち、まだ外だよ？」

「今日は日向ぼっこしとっただけじゃから、そんなに食べんじゃろ？」

「え？　美味しそうな匂いに気付いたからか知らないけど、外を走り回ってお腹空《なかす》かせてるよ？」

「なんじゃと⁉」

ルーチェが外を指さしながら告げてきた内容に驚いて砂浜を見やると、かなりの速さで駆けるロッツァを追うクリムとルージュがおった。

「……混ぜごはんは明日の朝に決定じゃ」

儂の言葉を聞いたルーチェは、無言で拳を握りしめとった。

晩ごはんでは、いつも以上にごはんの減りが早かった。儂の当初の想定では、朝食になるはずだったおにぎりもぺろりと完食され、「また近いうちに作って」とお願いされる始末じゃった。まぁ美味しく食べて、そんなお願いをされるのは、嬉しいことなんじゃがな。

翌朝の混ぜごはんおにぎりも好評で、こちらもお願いを繰り返され、儂は笑うしかなかった。

《 16　ミックスフライ 》

幾日か経った朝、洗い物を済ませ、使った食器を【無限収納《インベントリ》】や棚に仕舞いながら、儂はふと口を開いた。

「街中まで行ってパンや野菜を買ってくるが、誰か一緒に行くか？」

「今日はのんびりしてるー。あ、違った。久しぶりに魚捕《つか》まえるんだ」

「魚を捕らえるなら我もやるぞ」

ルーチェの言葉に反応し、ロッツァは波打ち際を眺める。

「ふむ。なら一人で——」

儂が言いかけると、右足にクリム、左足にルージュがしがみついてきた。そのまま儂を見上げ、何かを訴えかけとるようじゃ。

「——ではなく、クリムたちと散歩がてらに買い物じゃな」

その場でしゃがんで頭を撫でると、二匹は嬉しそうに目を細めよった。

「いってらっしゃーい。じいじの言うこと、ちゃんと聞くんだよ」

「魚を獲るなら、20、30センチくらいのをお願いできるかのぅ？　昼は焼き魚で、夜はフライにしようかと思うんじゃ」

「分かった。その大きさの美味いのを狙って捕らえよう」

大きく頷くロッツァにルーチェを任せて、儂はクリムたちと一緒に街へ買い物に出向く。

すっかり忘れていたが、ゴブリンと盗賊退治の戦利品を冒険者ギルドに預け、一切合切《いっさいがっさい》を任せることにした。被害に遭った村や冒険者に分かる分だけは返したんじゃが、かなりの量が残っておったからのぅ。イレカンの時と同様で、儂の正体を明かさないこと、故に直接交渉《こうしょう》不可、貴族は買い戻しのみという条件でギルドにお任せじゃ。期限はこの街に滞《たい》在《ざい》している間にした。面倒ごとは避けたいが、儂と同じ庶民《しょみん》が被害者になっとるようなら何とかしてやりたくてな。まぁ偽善《ぎぜん》じゃよ。

「さてと、パンに野菜……あとは何があるかのぅ？」

子熊二匹を連れ、気になる店を覗きながら市場をぶらぶらと歩く。子熊に興味を持った子供が儂らを遠巻きに眺め、大人は避けておるな。そんなに怖《こわ》いものなのかのぅ？　可愛いと思うんじゃが……

「可愛いねぇ。おじちゃん撫でてもいい？」

周囲を見回しながら思案していた儂の袖《そで》を、綺麗なドレス風のスカートを穿《は》いた十歳くらいの女の子が引っ張っておった。

「優しく撫でるなら大丈夫じゃないかの？　クリム、ルージュ、いいか？」

儂の足元におる二匹を見やれば、無言のままこくりと頷いてくれた。

「わぁ！　ありがとうおじちゃん！」

ぱっと花が咲《さ》いたような笑みを見せる女の子は、クリムの頭をそっと手の平で撫でる。

「柔らかくてあったかーい。こっちの子は……」

言いながら今度はルージュの頭へと手を伸ばす。

「こっちの子も同じで、あったかくてきもちいいねぇ」

少女はとろけ切った顔をして、右手でルージュを、左手でクリムを撫で続ける。

「あ、いけない。先生が来る時間だった。うー、でも……」

「しばらくはこの街にいるから、また会った時にでも撫でてやってくれんか？」

「本当に？　いいの？　じゃぁまた今度ね、おじちゃん」

女の子は名残惜しそうに何度か振り返りながらも、元気に通りへと消えていった。

「クリムもルージュもお疲れさん。お前さんたちが嫌じゃないならまた頼めるか？　あの子は嬉しくて、儂らはこれ以上怖がられんで済むからのぅ」

若干の打算《ださん》も含めてクリムたちに話すと、こくこくと頷いてくれた。クリムもルージュも気持ちよさそうにしてたし、あの女の子なら問題はなさそうじゃからな。

その後、パンと野菜を買って家へ帰ると、丁度昼ごはんの時間じゃった。今日はルーチェたちが予想以上に獲ってくれた魚を使っての焼き魚定食じゃ。はらわたを除いて塩焼きにするだけでごちそうになったわい。

腹ごしらえが終わった皆は思い思いに過ごしとる。儂は、夜のミックスフライの仕込みを開始じゃ。

魚を開いて塩、胡椒で下味を付けたら、小麦粉とパン粉を纏《まと》わせる。貝柱や鶏肉、ラビ肉などもひと口大に切って同じ工程じゃ。

ウルフ肉とタマネギで串カツも作る。パン粉を作れるからこそのメニューじゃな。おろし金様様じゃよ。

ただ、フライはソースが欲しくなるのが難点《なんてん》じゃな。スパイスも野菜もある。ダシとなる肉や骨もあるから、自分で作れそうなんじゃが……どうじゃろ？

思い付きで日本の料理を再現すると、それから派生《はせい》する調味料が欲しくなるのが、儂の弱点かのぅ。できるかどうか分からんが、時間はたっぷりあるし、今度挑戦してみるか。

仕込みを終え、一服も済ませ日が暮《く》れ出した頃、儂が揚げ始めたミックスフライは、揚げたそばからルーチェたちの腹へと消えていった。いつぞやの唐揚げ祭りの時と同じ食べっぷりを見せるが、今度も儂の勝ちじゃ。皆、満足そうに横たわっておる。

儂は残ったフライをパンに挟み、即席バーガーにして頬張る。カツサンド、貝柱バーガーにフィッシュバーガー。魚介類はタルタルソースと一緒に挟んである。

「あぁぁ、じいじだけずるい。私も食べたいのにもう入らない」

「我もだ。パンに挟んだだけのはずなのに、妙に惹かれるのは何故《なぜ》なのだ……」

悔しそうに眺めるルーチェとロッツァを他所に、儂はバーガーをひとかじり。クリムとルージュが物欲しそうに儂の足へと頭を摺《す》り寄《よ》せる。

「お前さんたちはまだ食べられるのか？」

こくこく頷く二匹の前にカツサンドを置いてやると、ひと口でひと切れを頬張った。二匹は食べながら目を細める。

「ダメ、私も食べる。ひと切れくらいならまだ入るもん」

「我もいける……いけるはずだ」

クリムたちの表情に負けたのか、二人して儂に顔を近付けてきよった。

「そんな無理して食べんでもよかろうに……」

そんな二名の前にひと切れずつ差し出すと、早速かぶりつく。

「あぁ、美味しい……ひと切れしか食べられない自分が悲しい……」

「我も唐揚げの時と同じことをしているな……」

今食べんでも、明日の朝にすればいいだけだと思うんじゃがなぁ。

と思いながら、残りのカツサンドをモシャる儂じゃった。

《 17 ケチャップ 》

スパイスが揃って、トマトがあるから、今日はケチャップ作りをしようかの。先日のミックスフライの時に欲しかったソースも一緒に作るぞ。基本的な工程は同じじゃないかと思うんじゃ。

まずはケチャップ作りから。

トマトを湯剥《ゆむ》きしてからざく切りにし、鍋へ放り込む。タマネギ、ニンニクをすり下ろして同じく鍋へ。セロリも微塵《みじん》に刻んで一緒に入れる。トマトもタマネギも水分が多いから、水は入れなくて大丈夫じゃろ。

塩と砂糖も加え、そのまま煮ていくとどれも形が無くなり、どろどろのトマト液みたいになった。が、トマトの種とセロリが残るのぅ。これはざるで濾《こ》すか。あまり目が細かいものでやると、トマトの果肉やタマネギも取り除いてしまいそうじゃからの。

半分くらいにまで減ったから、煮詰めはこれでいいじゃろ。あとはスパイスを入れ、さらに煮て馴染《なじ》ませたら完成じゃな。

どれ、味は……おぉ、美味いぞ！　野菜の甘みとスパイスがいい感じじゃ。ちと酸味が足りない気もするが……酢を足したらなんとかなるかのぅ？　あとひとつまみだけ塩を足して、ケチャップは完成じゃ。

次はソースじゃな。こっちも基本は野菜とダシを煮詰めて、スパイスと調味料のはずじゃ。なんかいろんなものを入れるもんじゃと覚えとるが、細かい分量は分からんからな。行き当たりばったりでやるしかないのぅ。

とりあえずダシは昆布と干し肉、ラビの骨でいってみるか。タマネギ、トマト、ニンニク、ショウガ、ニンジン、セロリあたりの香味野菜は確実に入ると思うんじゃ。ジャガイモは……足が早くなりそうじゃからやめとくか。あとは塩、砂糖、スパイス、酢で味を調える感じかのぅ。

ケチャップと同じく湯剥きしたトマト、セロリを細かく刻んでダシの入った寸胴鍋へどぼん。タマネギ、ニンニク、ショウガを微塵切りにして鍋へ。あとは煮立てて、煮詰めるくらいかのぅ。

途中で調味料と香辛料を入れればいいじゃろ。あんまり早く入れると香りが飛びそうじゃからな。酢なんかは最後の最後にせんと、それこそ飛びそうじゃ。

半分くらいにまで減ったところで、ざるで濾《こ》す。ただ、もったいなく感じるのはなんでじゃろ。ケチャップより具が多いからかのぅ？ ざるに残った具材をすり鉢であたってから濾《こ》してみるか。これなら旨味《うまみ》も何もかもを搾《しぼ》り尽《つ》くした気になるからな。舌触《したざわ》りが悪そうならやめじゃ。

無理に搾ると雑味《ざつみ》も出そうじゃから、のんびりゆっくり落ちるのを待とうかのぅ。粘度《ねんど》が足りなそうならまた煮詰めて濃さを調整じゃ。

「さて、ケチャップで作る料理だと、ナポリタンかオムライス、チキンライスあたりがいいか」

「アサオ殿、なにやら良い匂いがするが、何か作っているのか？」

匂いに釣られたロッツァが、窓から台所を覗き込む。

「おぉ、良いところに来てくれたのぅ。ロッツァはパスタとごはんならどっちが食べたい？」

「む？　今はごはんだな」

「卵があるのと、ないのではどっちじゃ？」

「ありだな。どんなものが出てくるか分からんのだが……」

とりあえず儂に聞かれたことに答えるロッツァには、具体的な料理が浮かんでこないようじゃ。

「ごはんと卵ということは丼ものか？」

「いや、全く違うものじゃな。昼ごはんは決定じゃ。これから作るぞ」

「アサオ殿の料理なら美味いのは決まっているからな。楽しみにしよう」

うんうんと頷き、ロッツァはまた庭へ戻っていく。

「すぐ出来るからルーチェたちと一緒に庭で準備しといてくれー」

「相分かった」

ロッツァから返る声が段々遠くなる。

「オムライス作り開始じゃ」

鶏肉、タマネギ、キノコを細かく刻んで塩、胡椒で炒める。火が通ったらケチャップを入れ、炒め合わせる。そこにごはんを入れ込んで更に炒める。このチキンライスを皿によそえば下準備は終わりじゃ。

「久しぶりのオムレツはちゃんと出来るかのぅ」

不安を口にしつつも儂の頬は緩んでおった。

卵を四個割り、牛乳、塩、胡椒を入れたら白身を切るように良く解しておく。フライパンをしっかり温め、油をひいたら卵液を一気に流し入れる。

じゅわっと音を立てるフライパンを絶えず揺《ゆ》すり、中の卵をかき混ぜる。まだ卵液が半分以上固まっていないうちに、手前から奥へと卵をまとめていく。

そのままフライパンを持つ左手を右手で叩けば、卵は徐々に包まれ、オムレツが出来上がった。このオムレツをチキンライスの真ん中へ載せる。

「ふー、なんとか出来たわい。あとは皆の目の前で開いて完成じゃ。驚くじゃろうな」

皆の驚く顔を思い浮かべ、儂は思わず目尻が下がってしまう。

「出来たぞー」

「はーい。皆すぐにでも食べられるよー」

テーブルの前で準備万端なルーチェと、その周りにいるロッツァ、クリム、ルージュ。

「これがロッツァの言ってたごはんと卵の料理だね。赤いごはんに玉子焼きを載せたの？」

「そうなんじゃが……ちと違うのぅ。玉子にすっと切れ目を入れると――」

中からとろとろの半熟卵が零《こぼ》れ出す。

「うわぁぁぁ！　なにこれ！　すごい！　とろとろでぷるぷるだよ！」

一瞬で見た目が変わったオムライスに驚くルーチェ。その様《さま》を見ていたロッツァも目を丸くする。クリムとルージュはルーチェの声に驚き、一瞬だけびくっとしとった。

「とろふわオムライスの完成じゃ。なかなか面白い料理じゃろ？」

「すごいね！　じいじの料理は美味しいだけじゃないんだね」

ルーチェからの称賛《しょうさん》が心地よいのう。

「さぁ食べよう。チキンライスはまだまだあるからの。オムレツだけ作ればすぐにおかわりできるから、沢山食べて平気じゃよ」

儂の声を皮切《かわき》りに皆で食べまくる昼ごはんは、十回くらいオムライスを仕上げると終わった。

「スパイスやトマトを変えればまだまだ改良できそうじゃな。何度か作って、儂ら好みのケチャップを仕上げるとするか」

昼からもケチャップ作りを続け、日が暮れる頃には二十を超《こ》える陶器《とうき》にケチャップが入っておった。

ざるで濾《こ》したソースが少し緩かったので、少しだけ火を入れて完成させた。これも陶器の容《い》れ物で十個になりよった。

「ウスターソースもいい味じゃな。今度フライをやる時に試せそうじゃ」

ひと舐めしたソースの味に、思わず儂の顔は綻《ほころ》んだのじゃった。

《 18 プリン 》

今日は特に出かけることもなく、儂は朝からずっと竹とんぼを作っておった。クリムとロッツァは庭でゴロゴロしとるし、ルージュは波打ち際で何かと戯《たわむ》れておる。

「じいじ、甘いのはもう作らないの？」

ポテチを食べながらルーチェが儂に問いかける。

「塩味のポテチを食べながらなんじゃ？　甘いものが欲しくなったのか？」

「それもあるけど、しばらく新しい甘いものを食べてないなぁって思ったの」

寒天ゼリーを【無限収納《インベントリ》】から取り出し手渡してやると、しっかりスプーンで口に運んでおる。

「うーむ。オーブンがあればいろいろできるが……ないからのぅ」

「おーぶん？　料理に使うものなの？」

「熱々にした箱の中で火を通す料理があるんじゃ。その箱をオーブンって言うんじゃよ。オーブンの魔道具も探せばあるのかのぅ」

「それがなくてもできるのはないの？」

寒天ゼリーを食べ終えたルーチェは、空《から》になった器をじっと見ながら話を続ける。

「あるが、そのゼリーに近いものじゃよ？」

「近いってことは違うんだね」

ルーチェは相変わらず食べ物に対する嗅覚《きゅうかく》が鋭いのぅ。

「卵を使ったプリンって甘い料理じゃ。おぉ、なら儂用には茶わん蒸しを仕込むか」

「おかずにも、おやつにもなるの？」

「作り方と見た目は似とるが、別の料理じゃな。同じものだと思って食べたら大変なことになるぞ」

プリンだと思って食べたら、ダシの香りと味が広がる茶わん蒸しだった……なんてことになると、思わず吹き出してしまうからのぅ。

「簡単に作れるからルーチェにもお手伝いを頼もうか」

「はーい。一緒にやりまーす」

ルーチェは空《から》になったゼリーの器を儂に渡し、すくっと立ち上がる。

「まずはプリンのカラメルソースから作るのがいいじゃろ」

「『からめる』？　何を絡めるの？」

「その『絡める』ではなく、甘くて、ほんの少し苦い、香《こう》ばしいソースなんじゃよ」

首を傾げるルーチェにカラメルを説明しながら、儂は砂糖、牛乳、卵を【無限収納《インベントリ》】から取り出し、テーブルに並べる。

「フライパンに砂糖と水を入れてかき混ぜながら温めるんじゃ。段々と茶色になってくるから、焦げる手前で火からおろす。お湯を少しずつ入れて、フライパンを揺すりながら混ぜればカラメルソースになるぞ」

「やってみる」

言われた手順を守って慎重《しんちょう》にこなし、ルーチェは、カラメルソースを無事に作り上げる。

「次は卵液じゃな。と、その前にカラメルソースを底に敷《し》かんと、折角《せっかく》作ったものが無駄《むだ》になってしまうからのぅ」

ルーチェお手製のカラメルを受け取り、陶器のカップへ流し込む。

「卵をしっかり混ぜて、白身と黄身を滑《なめ》らかにする。牛乳に砂糖を入れて温めながら溶かす。温めた牛乳に卵を少しずつ入れて泡立《あわだ》たないように混ぜ合わせる。茶こしで濾《こ》してカラメル入りの陶器へ静かに流し入れ、じっくり蒸《む》せば完成じゃ」

「はーい。間違ってたら教えてね」

ルーチェは儂に言われた手順を守って、一つずつ着実にやっていく。

「じいじ、蒸すってなに？」

牛乳に卵を入れ、ゆっくりとかき混ぜながら、まだ知らない『蒸し』についてルーチェが問うてくる。

「鍋の中にいっぱいにした蒸気《じょうき》で火を通す料理法じゃ。準備はできとるぞ」

鍋の底に平らな石を並べ、それの頭が出るくらいの湯を張り、石の上に皿を載せれば、簡単蒸し器の出来上がりじゃ。そのうち金物屋か鍛冶屋《かじや》に頼んで、金製の蒸し器を作らないとならんな。もしくは木工所で蒸篭《せいろ》を作ってもらうのも手か。

「テーブルにある皿に並べたら、皿ごと鍋に入れて、ゆっくり弱火で蒸すだけじゃ」

「はーい。これを並べてから入れるんだね」

皿に卵液入りカップを四個並べてから、それを鍋の中へそっと置く。さすがに蒸気で熱くなった鍋にルーチェの手を入れさせるわけにはいかんから、ここだけは儂が手を出したんじゃ。

「プリンが出来るまでに、儂は茶わん蒸しを仕込まんとな」

小振りに切ったキノコ、鶏肉を昆布ダシで下茹でする。こうすれば、茶わん蒸しの調理時間も短縮《たんしゅく》できるからのぅ。あとは溶いた卵にそのダシを入れて茶こしで濾《こ》して、どんぶりに入れる。表面の泡はしっかりと潰さんと、見た目も味も悪くなるから注意じゃぞ。あとはプリン同様、蒸せば完成じゃ。

「じいじ、これで出来上がり？　プリンと変わらないね」

「似とるじゃろ？　じゃから間違えないよう、こうやって器を変えるんじゃよ。さて、ルーチェの作ったプリンを皆で食べるとしようかの」

「だね。ロッツァー、クリムー、ルージュー。プリンできたよー」

ルーチェは窓から庭へ声をかける。プリンの載ったおぼんを慎重に庭へ運ぶと、ルージュ、クリム、ロッツァの順番で儂らに近付いてきた。

「プリンとは何なのだ？」

「卵を使った甘いものじゃよ。今日はルーチェが全部作ったからのぅ。皆で試食じゃ」

儂がロッツァの問いに答えとる間に、皆の前には陶器のカップがルーチェの手で並べられた。

「ではいただきます」

「「いただきます」」

カップからスプーンでひとすくい。そのままぷるぷるに揺れるプリンを口へ運ぶ。

「甘いねー。それにものすごい柔らかい」

「口の中で溶けていく……これも卵なのか」

頬が緩みっぱなしのルーチェと、その食感に驚くロッツァ。

「うむ、いい出来じゃ。ルーチェのプリンは美味いのぅ」

「えへへ」

照れながらもまんざらでないルーチェは笑顔を見せる。足元ではクリムがカップに顔を突《つ》っ込《こ》み、ルージュはカップを逆《さか》さまにして底まで舐めておった。

「クリムたちにも好評みたいじゃ。また今度作る時もルーチェに頼もうかの」

「任せて！　じいじがいない時でも作れるようになるのが目標だから」

ルーチェは料理の面白さに目覚めたかもしれんな。いいことじゃ。

皆での味見を終えたルーチェは、夕食のデザート用にと再びプリンを作り出しよった。儂が先刻話した手順を呟きながら、丁寧にこなしておる。

儂が作った茶わん蒸しは、ロッツァにいたく好評じゃった。やはり甘いものより食事に向いた料理のほうが好みなんじゃな。

とはいえプリンも気に入ったらしく、ルーチェにちゃっかり大きめのプリンを頼むロッツァに、儂は思わず笑ってしまったわい。

《 19　開店下準備 》

「レーカスではどんな店にするかのぅ」

「じいじ、お店またやるの？」

ある日の昼下がり。街中への買い出しにルーチェ、クリム、ルージュと一緒に来たんじゃが、何の気なしに呟いた儂の言葉に、ルーチェから反応があった。

「ただ家を借りてのんびり過ごすだけ。そんな今の暮らしもいいんじゃが……そろそろ何かしたくてな。手持ちにお茶も料理もあるから、また店をやろうと思ったんじゃよ」

「そだね。イレカンは紅茶とコーヒーばっかりだったから、今度は料理を出す店にすればいいんじゃない？」

「食べ物主体となると、食堂か惣菜屋あたりがいいか」

「そうざいや？」

聞き慣れない言葉にルーチェは首を捻《ひね》る。その足下でクリムたちもルーチェを真似して首を傾げとる。

「おかずを量《はか》り売りする店じゃよ。量るのが手間取りそうなら、テリヤキラビを一枚、玉子焼きを一皿なんて感じで売るのがいいかもしれんな」

「へぇ～、面白いね。でも計算が面倒な気がするよ」

「重さや量を予《あらかじ》め変えて、どれも一皿500リルなどと決めれば分かりやすいじゃろ？」

「それなら簡単だね。お客さんもいくらかすぐ分かるだろうし」

ルーチェはイレカンでの経験を思い出しながら答えとるようで、少しだけ上を眺めておった。イレカンでやった喫茶店では料理ごとに値段を変えとったからのぅ。口に出さなかっただけで、面倒だったんじゃな。

「と、こんな感じのことを相談しようと思って、買い出しがてら商業ギルドに向かってたんじゃよ」

ルーチェとの会話の最中に、今日の目的地である商業ギルドに到着できた。飲食店担当は……ジャレットじゃったかな？

「儂はアサオと言うが、ジャレットはおるかのぅ？　約束はしとらんが、会えたらありがたいんじゃが……」

「ジャレットさんですか？　少々お待ちください」

受付にいた青年職員に声をかけると、間仕切りの奥へ姿を消していった。一分と経たずにジャレットが顔を見せてくれた。その後を青年がついてきとる。

「お待たせして申し訳ありません、アサオ様。ここは自分が応対しますので、別の受付をお願いします」

ジャレットは青年に指示を出し、儂へと向き直る。

「この前作ったあの料理を提供する店をやろうかと思ってな。それで相談に来たんじゃよ」

「おぉ！　かりんとうやホットケーキを食べられるお店を開くんですか⁉　どこにしましょう⁉　あぁ、これは大事な相談になりそうです。場所を変えましょう」

まくしたてるように言葉を並べるジャレットに儂は気圧《けお》される。会議室のような部屋に連れ込まれ、そのままテーブルを挟んで向かい合わせに儂らは座った。

「料理をいくつも提供するなら、イレカンのように出店形式にするのはどうかと思ってな」

「出店よりしっかり店を構えたほうが無難でしょう。軽くつまめるものを少しだけ販売するなら出店で問題ありませんが……アサオ様の口ぶりだと違うと思いますが、いかがでしょう？」

「そうじゃな。先日試食してもらったテリヤキなども出すつもりじゃ」

「なら店を構えましょう！」

身を乗り出さんばかりの勢いで、ジャレットはテーブルへ勢いよく手を突く。

「ただ一つ聞きたいんじゃが、店の料理を持ち帰るなんて習慣はあるのかの？　儂としてはそんな店をやりたいんじゃ」

「料理の持ち帰りですか？　その場で食べて帰るのが一般的ですね」

「店で食べるより家で気楽に食べたい……そんな料理ばかりを出す店にしようかと思ってな。料理を量り売りで買って、家でのんびり食べる。肩肘《かたひじ》張らずに楽に食べてもらいたいんじゃ。量り売りと言っても一皿５００リル均一にするつもりなんじゃがな」

「……面白い発想です。ただ料理を持ち帰るのがどこまで浸透《しんとう》するか分かりません。この街だと出店以外の料理は店で食べるものとなってますから」

ふむ、やはりそうか。ジャレットの渋い表情が物語っとるな。

「となると、どう宣伝するかがカギになるかのぅ」

「平気じゃない？」

今まで黙《だま》っていたルーチェが口を開く。儂とジャレットは思わずルーチェに視線を向ける。

「ルーチェさん、平気とは一体？」

「じいじが料理してると、何人も家に近付いてきてたよ。あれって匂いに釣られたんでしょ？」

「来とったのぅ。竹とんぼを飛ばした時も子供たちが遠巻きに見てたしな」

「じいじがいない時に小さい子が来て遊んだこともあるよ。その時にかりんとうをあげたら、喜んで食べてたもん」

儂の知らないところでなんだかんだと宣伝してたみたいじゃ。

「となると店は、今借りてる家でやるのが良さそうじゃな。店に使っても問題ないんじゃろか？」

「何も問題ありません。壊さない限りはどう使っていただいても大丈夫です」

ジャレットは儂の問いに頷いてくれた。

「とりあえず店を開いてみて、問題があれば臨機応変《りんきおうへん》に対応する……ってとこでどうじゃろ？」

「ロッツァたちはどうするの？」

儂がジャレットに同意を求めると、ルーチェがふいに疑問を口にしよった。

「店を開いた時は、日向ぼっこで大人《おとな》しくしててもらうしかないのぅ。砂浜で遊ぶくらいなら構わんが、狩《か》りや訓練は禁止じゃな」

「だね。お客さんの相手するにはロッツァじゃ大きすぎるし、クリムたちは話せないから仕方ないか」

ルーチェは顎《あご》に指を当て、頷きながらクリムたちを覗いておる。

「その間だけ厩舎《きゅうしゃ》に預けるのは――」

「ダメじゃ」

「やだ」

ジャレットの提案に、儂とルーチェは二人してかぶせ気味に答えてしまったわい。

「ロッツァたちは家族じゃからな。狭《せま》い厩舎が嫌で一軒家を借りたのに、店をやりたいから厩舎に行け、というのは違うじゃろ」

儂の言葉にルーチェは何度もうんうんと頷いてくれとる。

「……そうでした、申し訳ありません。ギルドマスターからもそう言われてたのに、失念してました」

バツの悪そうな顔をしたあと、ジャレットは頭を下げて詫《わ》びを入れてくれた。

「いいんじゃよ。お前さんも儂らの店を考えてくれての提案なんじゃから」

「そう言っていただけるとありがたいです」

申し訳なさそうに顔を上げるジャレットに、儂は笑顔を見せる。

「さて、それじゃ帰って開店準備じゃな。ジャレットからウコキナに、近々店を開けるかもと伝えておいてくれんか」

「畏《かしこ》まりました。確かにお伝えします」

儂はジャレットと握手《あくしゅ》を交わしてから部屋をあとにした。受付を通り過ぎる時にライラスとも会ったので、軽く挨拶だけしてギルドを出る。

「皿や小鉢を仕入れてから帰ろうか」

「はーい。美味しそうな野菜や木の実があったらそれも買おうね」

クリムとルージュは野菜や木の実を買う時は一緒になって選んでくれたんじゃが、皿や小鉢には興味を示さず大人しくしておった。儂らは出店で焼き魚や串焼きを買い、のんびり市場を散策しながら家路《いえじ》についたのじゃった。

《 20　喫茶アサオ……改めアサオ惣菜店 》

ジャレットに相談してから、わずか数日で儂は店を開いた。

リビングにいくつも並べたテーブルの上に料理を陳列する。テーブルごとに肉、魚、野菜と分けたので選びやすいと思うんじゃよ。本当は汁物もと考えたんじゃが、持ち帰る際にこぼすと危険じゃからやめたんじゃ。

惣菜屋には合わんから並べるつもりはなかった甘味と軽食も、結局テーブルに用意した。ルーチェの強い勧めに押し切られてのぅ。こっちは子供たちが手に取りやすいよう量を減らし、値段も一皿200リルにしておいたんじゃ。より分かりやすいようにと、手書きの値札をポップみたいにテーブルへ並べたりもして、準備万端、いざ開店。

店を開いた途端、待ち侘《わ》びたかのようにお客さん第一号が来てくれた。

満面の笑みを浮かべたジャレットとクルーズじゃった。

「わざわざ一番に来てくれるとはありがたいのぅ」

「アサオさんの料理を楽しみにしてたんです。公開していただいたレシピがありますが、本物の味を忘れられなくて」

直立不動で笑顔を見せるジャレットの後ろで、クルーズも無言のまま頷いていた。

「いろいろあるから好きに選んでくれるか？　どれでも一皿500リルになっとるからの」

「本当にそんな値段で大丈夫なんですか？　客としては安くて嬉しいでしょうけど」

テーブルに置かれた料理を選びながら、クルーズは儂を気に掛けてくれる。

「心配せんでも大丈夫じゃよ。安くて美味いものを皆に食べてほしいからこその値段設定なんじゃから」

儂は胸を張りながら、クルーズたちに笑顔で答えた。

「それに自分たちで集めた食材はタダじゃからな。その分安く提供できるって寸法なんじゃよ」

「このラビ肉やウルフ肉を自分で獲ってるんですか？」

クルーズは思わず儂を振り返り、驚きの表情を見せる。

「そうじゃよ？　儂だけでなくルーチェもロッツァもできるぞ？　勿論、クリムたちもな」

「……アサオ様は冒険者ではなかったかと思うのですが……違いましたか？」

テリヤキウルフの皿を持ったまま疑問を口にするジャレット。

「冒険者じゃなくても狩りくらいはするじゃろ。それに自衛《じえい》手段を持っとらんと危険じゃからな。その延長で少しばかり狩りしとるんじゃよ」

「あれって少しなのかな？　私は楽しいからいいんだけどね」

小首を傾げてルーチェが小さな声を漏《も》らしておる。

「狩りや漁をするとは言っても、魚や野菜は市場で仕入れとるからな。漁師、魚屋、八百屋に喧嘩《けんか》売るつもりはないからのぅ。まぁ小魚くらいは浜辺で獲るが、そのくらいは平気じゃろ？」

「あまり獲り過ぎると忠告されると思いますが、それなら大丈夫でしょう」

テリヤキラビ、特製ドレッシングのサラダ、炊き込みごはんを持ってきたクルーズ。

ジャレットはテリヤキウルフとポテチ、かりんとうを選んでいた。

「クルーズさんは１５００リル、ジャレットさんは９００リルになります」

ルーチェに代金を渡すと、二人は庭先に並べたテーブルへ移動する。

「アサオさん、ここで食べてもいいんですよね？」

「構わんぞ。皿を返すなら一枚ごとに50リル返金するからの」

庭先から聞こえるクルーズの声に返事をしておく。二人と入れ替わりに冒険者が四人、店に入ってきた。

前に盗賊に捕まっとったところを助けてあげた子たちじゃった。

「先日はお世話になりました」

髪の長い魔導士風の女性が頭を下げる。

「おぉ、お前さんたちか。身体はもう平気なのかい？」

「おかげ様で。あの味を忘れられなかったところ、噂を聞きまして……来てしまいました」

四人は一様に少しだけ恥《は》ずかしそうに頬を染めておる。

「あの時食べた料理の他にもいろいろあるからの。どれでも一皿500リルじゃ。あっちの甘いものは一皿200リルになっとる」

盗賊団から助け出された時に食べたものを忘れられないとは……嫌な記憶が上書《うわが》きされとるならいいんじゃがな。見たところ、さして心配はしなくても平気そうかの。

儂の心配は杞憂《きゆう》なようで、四人は主菜を選ばずに皆で甘いものと軽食のテーブルに群がっとる。

「女性にはやはり好評みたいじゃな」

「女性だけじゃないよ。ほら見て」

ルーチェと小声で話していると、子供が二人テーブルを覗いていた。

「あの子たちが？」

「そう、一緒に遊んでかりんとう食べた子たちだよ」

きらきらした目でかりんとうとポテチの皿を持ってきた子供から、代金を受け取る。

ジャレットたちがいるテーブルとは別の席へ着くと、すぐ二人でかりんとうを食べ始めた。

「お嬢ちゃんたちは別々のお会計にするか？」

「いえ、取り分けるので一緒で構いません」

それぞれ手に持つのは、甘味か軽食を一皿に、主菜を一皿じゃった。合わせて２８００リルをもらい、皿返却で返金のことを伝えると「あと二皿選べるね」と笑顔を見せ合っていた。

持ち帰りを想定した惣菜屋だったのに、蓋を開けてみれば外のテーブルが大盛況《だいせいきょう》になっとる。やはりいつもその場で食べるのが普通じゃから、仕方ないことかもしれん。何人かに飲み物と汁物がないのが残念と言われたくらいで、大きな問題が起こることもなく閉店時間まで無事に営業できたのじゃった。

「じいじ、飲み物と汁物必要だね」

「そうじゃな。一皿５００リルなのに紅茶とコーヒーだと高くなるから、緑茶と果実水あたりを出すのが無難なとこかのぅ。それとも《浄水《ウォータ》》と《氷針《アイスニードル》》で冷たい水を出すか……」

「冷たい水を一杯１００リルにしちゃえば？　器を返せば50リルで飲めるんだし」

ルーチェは皿を返すと返金されるサービスが好評だったのを思い出し、提案してくれた。

「それでいこうかの。汁物だけは持ち帰り禁止にすれば、火傷《やけど》やこぼす心配もなさそうじゃし」

「あと竹とんぼはもう少し数がいるね」

「返金された50リルで買えるのがいいんじゃろな」

お菓子一皿と竹とんぼを買っていく子供が非常に多かったんじゃ。めんこも竹けん玉も同じ50リルなんじゃが、飛ぶのが嬉しいのか一番最初に売り切れになっとった。

「料理と一緒に沢山作ればいいじゃろ。イレカンと同じで毎日店を開くことはないからのぅ」

「……じいじ、それ誰かに伝えた？」

ふと疑問に思ったのか、ルーチェが真顔で儂に問いかけてきた。

「……言っとらんな」

慌てて『本日休業』と『一日置きの開店です』という看板を作る儂らじゃった。

《 21 臨時開店《りんじ》 》

昨日の閉店後に慌てて作った看板も効果を発揮することはなかった。朝食のあとでのんびり一服していると、子供たちが庭先から覗き込んでいたんじゃ。

儂が連絡を怠《おこた》ったから、今日も店を開くことになってしもうた。

「ありあわせで作るとなると……バーガー、サンドイッチ、丼ものあたりかのぅ」

「それだけで満足できるやつだね。持ち帰りもできるし、庭でも食べられるからいいんじゃない？」

儂が【無限収納《インベントリ》】の中を確認しとると、緑茶の入った湯呑みから口を離したルーチェがのんびり同意してくれた。

「白米は足りるな……魚は少しばかり心許《こころもと》ないのぅ。ロッツァー」

庭先で日向ぼっこを始めていた巨体に声をかけると、

「何か？」

首だけこちらに向けて返事をしてきた。

「沖まで行かんでいいから、小振りな魚を獲ってくれんか？　クリムとルージュにもお願いしたいんじゃ」

「もうなくなってしまったのか？」

ロッツァは驚いたように目を丸くしておる。

「あぁ、違うんじゃよ。今日も店をやることになったから、その補充《ほじゅう》と儂らのごはん用に欲しくての。頼めるか？」

「なるほど、相分かった。大きさや種類の希望はあるか？」

「一尺くらいまでの美味しいやつを頼む。今日使う分だけでいいから、そんなに量はいらんぞ」

「心得た。ではクリム、ルージュと獲ってくる」

ロッツァは二匹を連れて浜辺へと歩き出す。これで魚は大丈夫じゃな。

「肉は【無限収納《インベントリ》】に沢山あるから平気として、あと足りないものは……パンが少しだけ心許ないかもしれんな」

「じゃぁ、私が買ってくるね。パンだけでいいの？」

「そうじゃな。パンを適当に買ってきてくれ。帰ってくるまでに儂は挟む具材を用意しておくから」

「はーい。いってきまーす」

元気な返事と共にルーチェは戸を開け、飛び出していった。

「さて、やることやっておかんとな」

竈《かまど》で白米を炊き、寸胴鍋で湯を沸かす。テーブルに何種類もの肉を取り出し、どんどん炒めてテリヤキを作る。その間に刻んだタマネギとツナをマヨネーズで和えたもの、ゆで玉子を刻んで胡椒、マヨネーズと和えたもの、野菜を千切《ちぎ》ったり刻んだりしたものなど、サンドイッチとバーガーの具材を多々用意していく。

テリヤキの量産を終えると、今度は大量のカツと唐揚げじゃ。バーガー、サンドイッチ、丼ものとどれにも流用できるから、おのずと量が増えるんじゃよ。

そうこうしているうちに、

「アサオ殿、このくらいでいいのか？　足りなければすぐ獲ってくるが」

ロッツァが庭先に帰ってきた。どうやって持ってきたのか疑問に思い外を見ると、クリムとルージュが大きな布の両端を咥えて運んでいた。今度、網《あみ》か籠《かご》を用意してやらんとな。

「十分じゃ。ありがとうのぅ。これはお駄賃《だちん》じゃ」

獲ってきてもらった魚を受け取り、代わりにカツ丼を三つ、漁帰りの皆の前に置いてやる。

「ひと仕事のあとの食事は嬉しいな。では、遠慮《えんりょ》なく頂こう」

庭先で仲良くカツ丼を食べ始めたロッツァたち。その姿を儂が眺めていると、今度はルーチェが帰ってくる。

「じいじ、ただいまー」

「おぉ、おかえり。パンはあったかの？」

「いっぱいあったから、他の人の迷惑にならないくらいだけ買ってきたよ。買い占《し》めたら、欲しい人が買えないと思ったから」

「そうじゃそうじゃ。欲しいのに買えないのは悲しいからの。そこに気付くとはルーチェは偉《えら》いな」

「えへへへへ」

ルーチェは照れくさそうに頭を掻く。

「ルーチェのお駄賃は――」

「ところてんと緑茶で」

本人の希望通りの二品を渡すと、アイテムボックスである鞄からテーブルいっぱいのパンを並べ出した。色、形が様々だったのは、何軒かのパン屋を巡ったからみたいじゃな。

ロッツァたちが獲ってきた魚を捌き、塩焼きとフライに仕立てる。

サンドイッチとバーガーはどんどん作り置きをしていき、丼ものはサンプルとして種類ごとに一杯だけ作る。汁の沁《し》みたものもあれはあれで美味いんじゃが、出来立てのほうが美味しいじゃろ？

「あとは汁物をいくつか作れば……」

昆布を入れて沸かしたダシに葉野菜とネギを刻み入れ、醤油で味を調える。それから、小振りに切った肉と根菜で豚汁っぽいものを作る。炙ったアルバの骨からとったダシに塩とネギだけ入れたスープと、小魚と魚のアラを大量に使ったアラ汁も。汁物だけで四種もあれば満足してくれるじゃろ。

「アサオ殿、味噌汁を貰えないだろうか？　カツ丼を食べていたら無性《むしょう》に味噌汁が欲しくなった」

汁物の出来上がりを狙ったかのようなタイミングでロッツァから声がかかったので、四種の汁物を振る舞った。どれも好評だったが、目新《めあたら》しいアルバスープとアラ汁が特に評判が良かったのぅ。

「さて、アサオ惣菜店の開店じゃ」

慌てて開いた二日目も大盛況じゃった。一皿、一杯で満足できる品を揃えたのが功《こう》を奏《そう》したのか、冒険者風の男女や、人魚、魚人の漁師まで、幅広い客に満足してもらえたようじゃ。開店前からいたお子様たちはお菓子に喜んどった。竹とんぼがないのを残念がっておったから、沢山作らんといかんな。

アルバスープを食べた漁師が首を捻っていたのが若干気がかりじゃが……まぁいいじゃろ。

奥様方は「夕飯はこれで済ませましょう」の言葉と共に丼ものを買い込んでおった。主菜となる一皿の他に、あと一品な常備菜《じょうびさい》も増やすと、売れ行きが変わるかもしれん。

今日もクルーズ、ジャレットの商業ギルドコンビは買ってってくれたが、昨日より量が多かったのは他の職員への土産なのかのぅ。

今日は看板をしっかり立てていたので、明日は休めるじゃろ。

ロッツァたちの獲った魚を使った夕飯で、儂らはようやくひと息つけたのじゃった。

《 22 常備菜 》

「昨日の奥様方の反応を見るに、常備菜をいくつか用意するのが良さそうじゃな」

「じょうびさい？」

「あると便利な、『あと一品』料理じゃよ。ごはん、汁物、主菜の焼き魚や肉料理に、あと少しだけ欲しいじゃろ？　そんな時にさっと出せるおかずのことじゃ。この前のきんぴらやヒジキみたいな煮物が多いかのぅ」

「ごはんに混ぜて食べられる煮物だね」

先日の混ぜごはんおにぎりを思い出したのか、ルーチェは涎《よだれ》をぬぐう。

「いくつも作るから、器によそって仕舞ってってくれるか？」

「はーい。美味しいものの為ならちゃんとお手伝いするよ」

ニンジンとゴボウできんぴら。ヒジキもニンジンと一緒に煮て、豚肉とジャガイモ、ニンジン、タマネギは肉じゃがに。小芋《こいも》を素揚《すあ》げしてからの醤油煮。いろんな根菜と鶏肉を炊いた筑前煮《ちくぜんに》。葉物を茹でてダシに漬《つ》けたお浸し。縦に細切りにしたナスを素揚げにして、酸味と辛みのダシ醬油へ漬けた揚げ出しナスと、儂はどんどん作っていく。出来たそばからルーチェが皿へとよそい、【無限収納《インベントリ》】へと仕舞いやすくしてくれる。

「煮物はこのくらいかのぅ。あとはドレッシングと手間のかかるサラダか」

ダイコンを細切りにしてマヨネーズと和えたダイコンサラダ。マヨネーズを牛乳とレモン汁で伸ばして、粉にしたチーズと胡椒で味を調えたシーザーサラダ。茹でた芋を潰して、刻んだ野菜と一緒にマヨネーズで和えたポテトサラダ。タラコや明太子があればタラモにまでアレンジできるんじゃが、今回はなしじゃな。しかしどれもがマヨネーズを使うものばかりとは驚きじゃ。儂マヨラーだったかの……？

クリムとルージュが捕まえた小魚で、南蛮漬《なんばんづ》けもいいのぅ。力の加減を覚えるのに小魚を捕まえるのは良いみたいでな。ロッツァと一緒にちょくちょくやってくれとるんじゃ。はらわたを取り出した10センチほどの小魚に軽く粉を振って揚げる。揚げたてを酢、醬油で作った南蛮ダレにジュッと漬け込む。冷めながら味が沁みるから、このまま放置じゃ。

最近よく使う昆布も、切り昆布にして醬油で煮れば、十分常備菜になる。ダシをとったあとの出涸《でが》らし昆布でも出来るから無駄がなくていいのぅ。〈朝尾茶園《あさおちゃえん》〉の能力で買ったのりも佃煮《つくだに》にしてと。

「じいじ、お皿が足りないかも。まだある？」

「おぉ、もうそんなに使ってしまったか。まだ作れるんじゃが、どうするかのぅ」

「また今度でいいんじゃない？　お肉や魚は食べる時に作るんでしょ？」

テーブルに所狭《ところせま》しと載せられた、仕舞われてない料理を見回すルーチェ。

「そうじゃな。このくらいでいいか」

「このくらい、ってかなりの量だよ」

少しずつつまみ食いをしているようで、ルーチェは口をもごもご動かしておるのぅ。

「一度で食べるもんじゃないからの。これでしばらくは持つじゃろ」

「美味しいね。今夜はどれ食べるの？」

「南蛮漬けがいいかもしれんな。クリムとルージュが頻繁に獲ってくれとるから、どんどん食べてしまったほうが良さそうじゃ」

「じゃぁこれはそのまま置いとくんだね」

南蛮漬け以外の皿を次々ルーチェから手渡され、儂は【無限収納《インベントリ》】に仕舞っていく。

「主菜は何にするか……魚の副菜があるから、肉がいいかのぅ」

「はい！　塊肉が食べたいです！」

「塊《かたまり》か……ならステーキがいいじゃろ。ダイコンおろし、タマネギと醤油でソースを作って、表面に焦げ目、中はうっすら赤いくらいなのが儂は好みじゃ」

「私もそれで！　ロッツァたちはどうするか聞いてくるね！」

まだ夕食には早い夕暮れ時なのに、ルーチェは庭へ飛び出していった。

「これはステーキ祭りな予感がするのぅ……」

予想は的中し、各々が数枚ずつステーキをぺろりと完食しよった。同じソースのままでも、ラビ、ウルフ、熊と肉の違いが歯ごたえの違いとなり、楽しい夕食じゃった。

《２３　予想外の売れ筋《すじ》》

休日を挟んで開けたアサオ惣菜店は、昼前からかなりの賑《にぎ》わいを見せておる。

「相変わらず甘味、軽食はよく出るのぅ」

「甘いものは美味しいもん。それに『甘いものは高い』って思っている人が多いのに、じいじの作るのは安いんだから当然だよ」

ぼそっと呟いた儂の言葉に、ルーチェは胸を張って答えてくる。

「バーガー、サンドイッチ、丼もの、一品料理と万遍《まんべん》なく売れとるが……甘いものは頭一つ抜きん出とるのぅ」

「サンドイッチとバーガーは冒険者さんとかよく買ってるね。漁師さんは丼ものを食べてるかな」

職種による差なのか、種族による差なのか分からんが、買うものの傾向が見えてきたわい。こちらはパン文化が強いので白米を使った丼ものより、サンドイッチとバーガーが売れ筋商品になっとる。とはいえ老若男女問わず一貫して甘いものはかなり売れとる。

「食感を良くしたいからと切り落としたパン耳が結構溜まったのぅ。パン耳ラスクにすれば子供たちが喜んでくれるかもしれんな」

熱した油にパン耳を入れると、ジュワッという音と共に香ばしい香りが室内に広がる。色が変わったら油から引き上げ、砂糖の入ったボウルへ熱々のまま移す。パン耳の入ったボウルをすぐに大きく振り、砂糖をまぶせば完成じゃ。まだ熱いパン耳を味見すると、油、パン、砂糖とダイレクトに素材の味が口いっぱいに広がる。

音と香りに釣られたのか、店内にいる全員が儂を見ていた。

「……じいじ、一人だけずるくない？」

「……味見せんと、お客さんには出せんじゃろ？」

物欲しそうに見ていたルーチェに答えながら、パン耳ラスクを木皿へと盛り付ける。甘味のテーブルに並べると、皆が一斉に一皿ずつ取っていった。

「あぁっ！　私の分がなくなるー！」

慌てて駆け寄ろうとするルーチェの首根っこを掴《つか》み、振り向かせる。その目の前には、盛り付け時に残ったパン耳ラスクの入ったボウル。

「じいじ！　大好き！」

目を輝かせながら告白されたわい。

ある時だけの限定メニューになるパン耳ラスクはあっという間に完売した。

太陽が天辺《てっぺん》を過ぎた昼下がり。人魚と魚人のペアが店に訪れた。

「店主、少し聞きたいのだが、このスープには何を使っているのだ？　あぁ、教えられないなら無理にとは言わん」

「不躾《ぶしつけ》に何言ってるのよ。料理の秘密はそうそう教えられるものじゃないわよ」

右手にアルバスープ入りのお椀《わん》を持った、サメのような顔をした上半身魚の魚人を、下半身が魚な人魚が窘《たしな》めとる。

「なんの秘密もありゃせんよ……ほれ、この骨を炙ってからダシをとってるだけじゃ」

寸胴から炙ったアルバの骨を持ち上げて見せる。

「それは何の骨だ？　普通の魚とはどうも風味が違うのだ」

「アルバじゃよ。先日、うちの者が獲ったから、捌いて食べてるんじゃ。お嬢ちゃんが持ってるフィッシュバーガーのフライはその肉じゃな」

「「なっ!!」」

手に持つフィッシュバーガーを凝視《ぎょうし》する人魚と魚人。二人はゆっくり視線を上げ、今度は儂の持つ骨をじっと見ておる。

「……ちなみに何日くらい前に捕らえたのだ？」

「何日前じゃったかのぅ。ロッツァー、アルバを狩ったのは何日前か覚えとるか？」

庭の隅《すみ》で日向ぼっこをしているロッツァに、儂は大きめの声で問いかける。

「む？　半月は経っておるまい。それがどうかしたのか？」

「いや、お客さんに聞かれたんじゃ、ありがとな」

眩しいからか太陽に尻を向けていたので、少しだけ首を伸ばして答えるロッツァに礼を言い、儂は魚人さんたちに向き直る。

「だそうじゃ。他に何かあるかの？」

「アルバを狩れるだけの実力がある従魔をお持ちとは恐れ入った。いや、彼奴《きゃつ》は迷惑千万な魔物でな。漁師一同困っていたのだ。それがとんと現れなくなった。その理由を調べようにも難儀《なんぎ》していてな。まさかこんなところで理由を知ることになるとは思わなんだ」

「漁師仲間の皆に教えたいから、どこか分かりやすい部位を貸してもらえないかしら？　討伐《とうばつ》証明……てわけじゃないけど安心させたいのよ」

うんうん頷く魚人を尻目《しりめ》に、人魚が申し訳なさそうに依頼してきよる。

「頭は今度料理したいからのぅ……背びれ、胸びれ、尻尾辺りならどれを渡しても構わんぞ」

「いいの？　今言った部位だって素材としてかなり高額になるのよ？　それを初めて会った私たちにぽんっと貸すなんて」

驚きの表情を見せながら人魚が教えてくれる……魔物の素材じゃからそうなるのか。儂としては食べられるかどうかのほうが大事じゃから失念してたわい。

「漁師さんには世話になっとるし、別に貸すだけなら問題なかろう。たったそれだけで心配事の解消《かいしょう》になるなら構わんよ。ほれ」

儂は人魚さんに話しながら【無限収納《インベントリ》】に仕舞ってある背びれ、胸びれ、尻尾を取り出し、二人へ渡す。

「うむ。預かった。近いうちに港に来てくれ。その時、漁師一同で礼をしよう」

「なんて大雑把《おおざっぱ》な人たちなのかしら……」

ひれと尻尾を背負《せお》い、身体に縄《なわ》で縛《しば》りつける魚人を、人魚は頭を押さえながら見ておるな。

「おぉ、儂はアサオじゃ。お前さんたちは？」

「鮫人《さめびと》族漁師、ハイルカンだ」

「人魚族のウルハよ」

儂と握手を交わした二人は店を出ていった。

それから、アルバを食べられると漁師の間で話が広まったのか、来る漁師来る漁師が皆、フィッシュバーガーとアルバスープを買っていきよった。皆口々に「あの憎《にく》たらしいヤツがこんなに美味いとは……」と呟きながら噛みしめとったよ。

冒険者ギルドにも話が流れたのか「アルバの素材を買い取りたい」と職員が来おったが、

食材を売る気はないから丁重《ていちょう》にお断りしたんじゃ。儂らの食べない部位は鱗《うろこ》と皮くらいしかなさそうじゃからな。それだけ売っても二束三文《にそくさんもん》でギルドの儲《もう》けにもならんじゃろ。

「アルバって普通は食べないのかな?」

「どうなんじゃろ? あまり狩れないから、知らないだけなんじゃないかのぅ」

「我も数えるほどしか倒してないからな。その時も海に捨て置いた」

アルバステーキにアルバスープ、中おち丼を食べながら儂らはそんな会話をしとった。会話に参加しないクリム、ルージュはロッツァの両脇でステーキを笑顔ではぐはぐしておった。

《 24 美味しいかもしれない依頼 》

店休日に商業ギルドからウコキナ、ライラス、ジャレットが訪ねてきた。

特に何か問題が起きたのではなく、以前話した料理教室に思った以上の希望者が集まっとるんじゃと。で、その相談がしたいと言われたんじゃ。

用があるのは自分たちなのに呼び出すのは失礼と考えて、わざわざ訪ねてくれたそうじゃ。ギルマス、副マス、飲食店担当が乗り込んでくるのは大げさと思うんじゃがな。まぁそこは感覚の違いなのかもしれん。

話を聞くと、アサオ惣菜店はかなり話題になっていて、その為料理教室の参加希望者が増えとるそうじゃ。なので二週に一度くらいの頻度《ひんど》で良いから、複数回教室を開いてほしいんだと。店、教室、店、教室とずっとやってたんじゃ休みがないからのぅ。休み休みでいいのはありがたい申し出じゃ。教える料理も店で出してるものを主にと希望が出とるらしい。

打ち合わせも終わり三人が帰る時、手土産としてパン耳ラスク、かりんとうなどをいくつか持たせると、今日一番の喜びようじゃった。帰りがけに紅茶と緑茶の仕入れを近日中にお願いできないかとも言われた。ついでに頼む金額の取引ではないと思うが、まぁいいじゃろ。教室を開く前に一度ギルドへ顔を出すつもりじゃったからな。

時間も丁度良かったので昼ごはんにしていると、ロッツァが、

「む？　この気配は……」

と、沖を眺めながら呟いた。その呟きにいち早く反応するルーチェ。

「またアルバが来たの？」

「いや違う。旧知の者が沖にいる。久しく会わなかったが、まだ元気にやっていたようだ。食後に少し会ってくるか」

「話ができるなら儂も行こうかのぅ。海の魔族なんじゃろ？」

「我と同じくらい生きてるダゴンと言う。話の分かる面白い奴だ」

「予定が決まったね。魚人さんたちに続いての魔族かぁ。どんな人だろ」

魔族だから人とは違うと思うんじゃが……ルーチェにも儂にもあんまり関係ないからのぅ。

食後、ひと息ついてから海へと繰り出す。皆で乗るには狭かったので、元の大きさに戻ったロッツァの背に乗ってのんびりと沖を目指すと、程なくして目当ての者が見えてきた。

「おぉ。やはり貴様だったか。久しいな」

ロッツァを見つけて話しかけてきたソレは、全長20メートルほどの蛸《たこ》だった。蛸としてはやたら大振りじゃのう。

「それはこちらの言葉だ。何故こんなところにいるのだ？」

「野暮用《やぼよう》が出来てしまってな……そんなことより、誇《ほこ》り高きソニードタートルのお主が背に人を乗せるなど、どういった風の吹き回しだ？」

「アサオ殿は我を負かしたのだ。自慢の主《あるじ》だぞ」

ロッツァは目の前にいるダゴンに自信満々に答える。

「お主に勝てる人族だと……？　それは本当に人なのか？　甚《はなは》だ疑問なのだが……」

「儂はヒトじゃよ。なんなら鑑定してくれても構わんぞい」

「私はスライムだけどじいじの孫です。クリム、ルージュは熊です」

ルーチェの言葉に頷くクリム、ルージュの子熊二匹。

「ふむ、ならやってみるか。《鑑定《エヴァルア》》」

鑑定されるのは初めてじゃが、なんかむず痒《がゆ》いのぅ。これは無言でやってもバレるじゃろ。ヒトにかける時は断らんとダメじゃな。

「……『まだ人族』と出てるが、これは人と言っていいのか？」

「人族と出てるからヒトじゃろ？」

「ステータスも若干というか、かなりおかしな数字が並んでたが……むしろ儂より強いぞ、何者だ？」

「そこらにいる商人の爺《じじい》じゃ。それ以上でも以下でもない」

「しばらく見ない間に人は強くなったのだな」

「いや、違うよ。じいじがそこら中にいたら大変だからね」

ダゴンの言葉に即座に答えるルーチェ。

「我も同意するぞ。アサオ殿がそうぽんぽんいてたまるか。それとダゴン。我は今、ロッツァと名乗っている、以後はその名で呼んでくれ」

「名前までもらったのか……お主が本気で認めた主とはな。おぉ、儂も名乗らんといかんな。ダゴンと言う。こんななりをしているが、この辺りの海の主《ぬし》などと呼ばれておる」

海の主と知り合いとは、やはりロッツァもかなりの大物だったんじゃろな。

「鑑定で見たから知っとるじゃろうが、儂も名乗らんとな。アサオ・セイタロウじゃ」

挨拶と一緒に右手を差し出すと、ダゴンは驚いたように動きを止めた。

「儂は魔族……それも水棲《すいせい》系のこんななりなのに、恐ろしくないのか？　気持ち悪くないのか？」

「お前さんを前にして言うのはどうかと思うが、儂は蛸を食べるからのぅ。怖くもないし、気持ち悪くもないんじゃよ。しかも話せる相手なら、なおさら恐怖を感じることはないじゃろ」

「食べるのか……儂は貴殿《きでん》にしてみれば食料なのか」

「いや、会話した相手を食べようとは思わんぞ。そんな猟奇的《りょうきてき》な趣味《しゅみ》も癖《へき》もないからな」

ダゴンの伸ばされた足を握りながら答える。足と手じゃが、これも握手かのぅ？

「それでダゴンはなんでここに来たんじゃ？　ロッツァに会いに来ただけじゃないんじゃろ？」

「うむ。ちょいとばかりヤンチャが過ぎる若いのがいてな……海の主と呼ばれる儂の配下が、他所様に迷惑をかける前に連れて帰ろうと思うてな」

「ダゴン、お主でも抑えられなかったとなると、相当な力を持ってる魔物か魔族にならんか？」

ロッツァはダゴンを見下ろしたまま問いかける。

「抑えようと思えばできるのだ。ただ相手のなりにしか目がいかないようで、実力を推《お》し

量《はか》れずに、誰彼構わず喧嘩を売ってな……儂が懲らしめようと思った矢先にいなくなったので、追いかけていたのだ」

目を閉じながら答えるダゴンは、若干困ったようで足を二本上げておる。

「主に喧嘩を売っていた相手がアルバたちでな。その気配を追っていたらここに流れ着いたというわけだ。懐かしい気配を感じたので、ついでに顔を見ようかと思ってな……」

「ふむ。それで来たのか。しかし、アルバに喧嘩を売る若者とは面白いな。誰なのだ？」

興味を持ったロッツァが口を開く。

「クラーケンだ。生まれてまだ十年足らずの若輩者《じゃくはいもの》だが、儂の倍近い図体《ずうたい》で力が強い。それだけで妙な自信を持ち、自分は強者になったのだと勘違《かんちが》いしたらしい」

クラーケンというと、烏賊《いか》かの……マグロを烏賊が追いかけて、それをさらに蛸が追いかけるとは、なんとも面白い構図じゃな。

「アルバと同じくらいの強さなの？　そのクラーケンって」

「アルバの速さには遠く及《およ》ばないが、足で絡みつき、抱え込んで、締《し》め上げる。自分の必勝パターンにはまれば負け知らずだったのだ」

「あー。それで勘違いしたのか。じいじ、どうする？　ちょっと懲らしめとく？」

ルーチェはダゴンに問いかけたあとで、横に座る儂に聞いてくる。自分がやってもいいよ？　って感じなんじゃが、どうするかのぅ。

「儂がやっていいのか？　ダゴンがやったほうがいいじゃろ？」

「いや、アサオ殿に頼めるならそのほうがいいかもしれんな。儂すら舐《な》めくさる輩が、人族にこてんぱんにされたら、さすがにこたえると思うのだ」

神妙《しんみょう》な面持《おもも》ちのダゴンは、儂に託《たく》すみたいじゃな。

「ならやろうかの。足の一本くらいはもいでも平気かの？」

「構わん。足の一本、二本ならそのうち生えるだろう」

頷くダゴン。そうか、生えるのか。それなら心置きなくやれそうじゃ。

「そういえば、この辺りに来たアルバはどこにいったのだ？　気配を感じず迷いそうになったのだが」

「我が倒して、皆で食べた。美味かったぞ」

「食べたのか……あれも若いがなかなかの強さではなかったか？」

ロッツァの返答にダゴンは驚きを隠せないのか、瞬《まばた》きが増えておる。

「正面からのひと当てで終わったが？」

「ロッツァ、貴様強くなっておらんか？」

「アサオ殿の旅に同行するのだ。強くなくては足手まといになる」

力強く頷くロッツァを鑑定しているのか、ダゴンはまた目を見開いていた。

「儂と大して差がないくらいだったと思ったが……随分と強くなったものだな。どれもこれも負けておる」

「ルーチェ殿のほうが我より強い、その遥《はる》か上にいるのがアサオ殿だ」

「そんな馬鹿なことが――」

ダゴンはそう言いながらルーチェを鑑定すると、動きが止まった。言葉も出ないダゴンを尻目に、何故かルーチェは恥ずかしがるのじゃった。

《 25 クラーケンを懲らしめる 》

「どの辺りに現れそうなんじゃ？」

海面を滑《すべ》るように進むロッツァの背に乗りながらマップを確認。しかし特にこれと言った《索敵《レコナ》》の反応は出とらん。

「ここからだと東の沖合へとさらに進んだ先になる。三ツ岩辺りで出くわすだろうな」

「三ツ岩……三ツ岩……おぉ、これじゃな」

ダゴンに教えられた名前通り、三つの岩が並んどるところがあった。そこはマップの端で、ここからだとまだかなりの距離がある。

「クラーケンの奴め、休み休み来てるのか途中で追い抜いてしまってな。気配だけを頼りに飛んできたのが失敗だった」

「飛ぶ？　ダゴンは空を飛べるのか？」

「空は飛べん。転移の魔法を使ったのだ。一度行ったことのある大きな目印にしか飛べないのが難点でな。この街は海岸線を覚えていたので飛べたのだ」

転移の魔法もあったのか。今度イスリールに聞いてみようかのぅ……いや、旅をする者としては邪道《じゃどう》になる気もするが……すごく便利だと思うんじゃよ。ポニアのところへ仕入れに行ったり、村の様子を見たりするのには。

「空を飛ぶのは凧《たこ》じゃからな。しかしダゴンが飛ぶのは面白そうじゃな。今度その形で作ってみるか」

「ダゴンが飛ぶの？　竹とんぼみたいに？」

「風を利用して飛ばすおもちゃじゃ。まぁそのうち作るから楽しみにしとるといい」

竹とんぼを取り出し、きらきらした瞳でルーチェは儂を見上げる。

「そろそろ三ツ岩に着く。準備は万端か？」

ロッツァは首を伸ばし、儂を振り返る。その横にいるダゴンも振り返り、

「面倒ごとに巻き込んで申し訳ない。アサオ殿にしばいてもらったあと、しっかり連れて帰るから安心してくれ」

そう言って頭を下げた。

「最近、魔法を撃《う》ってないからいいんじゃよ。あまりやらんと腕が鈍《にぶ》るかもしれんからな。まぁ一度話してみて、話を聞かないようならお灸《きゅう》をすえる感じでいこうかの」

「やり方は一任する。好きなようにやってくれ。一応殺さない方向で頼む」

「そろそろ見えてくるぞ」

ロッツァの言葉にマップを見れば《索敵《レコナ》》が反応して赤点を表示させていた。既に敵対表示とは、若いのぅ。

「おーい、そこいくクラーケン。これ以上進まずに帰ってくれんか？」

儂の声が聞こえたはずじゃが、クラーケンは速度を上げる。聞く耳持たずじゃな。

「《堅牢《スタウト》》、《結界《バリア》》」

ダゴンも含めた皆に魔法をかける。儂らにはこれで十分じゃろ。

「さてさて、とりあえず鼻っ柱を折るには弱体化祭りを味わってもらうか。《鈍足《スロウ》》、《喪失《ロスト》》、《虚弱《フィーブル》》」

儂の魔法を浴《あ》びたクラーケンは急激《きゅうげき》に速度を落とす。振り上げた触腕《しょくわん》でロッツァごと儂らを薙《な》ぎ払《はら》おうとしたが、その前に腕を焼く。

「《火球《ファイアーボール》》」

周囲に烏賊の焼ける匂いが漂《ただよ》う。まだ諦《あきら》めないクラーケンは、残ったもう一本の触腕を振り上げる。

「《火球《ファイアーボール》》」

漂う焼き烏賊の匂いが一層強くなった。

「ふむ。いい匂いだな。腹が減る」

ロッツァが緊張感《きんちょうかん》のない言葉を発する。いや、大いに賛同したいんじゃがな。一応今は戦闘中じゃから笑わせんでくれ。

「醤油かけたらおいしそうな匂いだね」

ルーチェの提案にクリムとルージュがこくこくと頷く。

クラーケンは焼けた二本の触腕を三度《みたび》振り上げる。

「こだわりを持つのはいいが、一辺倒じゃ倒せんぞ。《風刃《ウィンドエッジ》》」

伸ばした触腕を水面ぎりぎりのところで切り落とす。

「これ以上はいじめになりそうじゃから終わらせるぞ。《麻痺《パラライズ》》」

巨体を痙攣《けいれん》させる烏賊が海面に浮いてきた。それを見たダゴンがクラーケンの傍へと泳ぎ寄り、話しかける。

「これで分かっただろう？　なりを見ただけで相手を判断し、実力を推し量れない自分の矮小《わいしょう》さが。アサオ殿には感謝の言葉しかない。ありがとう」

「いやいや、儂はあの足をもらえれば構わんよ。随分と食べ応えがありそうじゃからな」

痙攣したままのクラーケンの目は怯《おび》え切《き》っとった。

「お主もアサオ殿にかかれば、食材でしかないのだ。生きていられることに感謝するのだぞ。お主が追いかけていたアルバはもう食されたのだからな」

ダゴンの言葉にクラーケンは目を見開き、痙攣とは違う震えを見せる。

クリムとルージュが海面を漂う触腕を目で追っておったので、《浮遊《フロート》》をかけてやったら、我先にと海へ飛び出し、そのままそれぞれが一本ずつ咥えて帰ってきた。

「儂も変わらん。アサオ殿に喧嘩を売っても負ける。上には上がいることをしっかり覚えて精進《しょうじん》することだ」

「話は終わったかの？　なら治《なお》してやるから少し待っとれ。《治療《パナシア》》、《復活《リザレクション》》」

儂が麻痺させた身体を瞬時に治し、切り落とした二本の触腕も綺麗に再生していく。その間、クラーケンは目を閉じ震えておった。

「さぁ、帰るぞ。ダゴンもクラーケンも達者《たっしゃ》でな」

ロッツァの背から手を振り、皆で家へと帰る。ダゴンとクラーケンは無言のまま儂らを見送ってくれた。

帰路《きろ》の途中でハイルカンの操る船と出会ったくらいで、特に何事もなく家に着き、その頃には辺りが夕闇に呑まれとった。ハイルカンは強大な魔力を持つ大物が来たのを察し、慌てて様子を見に来たそうじゃ。明日以降、漁港を訪ねて説明すると告げると、渋々《しぶしぶ》帰ってくれたがの。細かいことは明日じゃ明日。

先ほど切り落としたクラーケンの足を、焼く、炒める、煮る、揚げるなどして夕食にした。皆満腹になり笑顔を見せておった。念の為、クラーケンの足には《駆除《リドベスト》》をかけたので、中《あた》ることもないじゃろ。

《 26 ハイルカンへの説明 》

「はぁ⁉　ダゴン様が来てた？　それは本当か？」

二日後、訪ねた漁師小屋でクラーケンの件を説明しようとダゴンの名を出した途端に、ハイルカンは大声を上げてきおった。『様』が付くあたり、やはり偉いんじゃな。

「本当じゃよ。そのダゴンの依頼で、クラーケンの伸び切った鼻をへし折ってやったんじゃ」

「『へし折る』じゃなくて、粉々《こなごな》にしてたと思うけどね。しかも本当は『ぶった切る』だし」

「あの足は美味かったのぅ」

「食ったのか⁉」

ルーチェの補足《ほそく》にも驚きを隠せなかったハイルカンは、味の感想に驚愕《きょうがく》しておる。

「ダゴンと一緒にそのクラーケンも帰ったから、もう心配はないと思うぞ。アルバもクラーケンに追われてきたみたいじゃしな」

「う、うむ。ダゴン様もクラーケンも見ていないので何とも言えないが……アサオ殿が嘘《うそ》を吐く理由はないから真実なのだろう。一昨日感じた気配は確かにダゴン様のものだったしな」

ハイルカンはなんとか納得したようじゃな。

「ところでダゴン『様』と呼ぶのはなんでじゃ？」

「ダゴン様は水に連《つら》なる魔族、魔物の長《おさ》だ。アサオ殿にもできれば敬称《けいしょう》を付けてほしいが……」

「面と向かって呼び捨てても何も言われなかったからのぅ。今更《いまさら》無理じゃよ」

「だろうな」

苦笑を浮かべるハイルカンを尻目に、儂は顎髭《あごひげ》を梳《す》く。

「それより、アルバのひれで皆は安心できたのか？」

「そちらは問題ない。皆、心底安堵《あんど》した上で感謝の言葉を述べていた。これでまた漁ができると喜んでいたぞ」

「そうかそうか。なら良かった。ひれはもう回収してもいいんじゃな？」

飾《かざ》ってあったひれを手渡されたので、【無限収納《インベントリ》】へと仕舞う。

「しかし、ダゴン様自《みずか》ら出向くとは……そのクラーケンは強かったんじゃないのか？」

ハイルカンの疑問への返答に困っていると、ルーチェが口を開く。

「強かった……のかも。でも、じいじに触ることも、動かすこともできなかったから、よく分からないかな」

「は？　動かないでどうやって？」

「魔法じゃよ。弱体化させたところを《火球》《ファイアーボール》で焼いて、《風刃》《ウィンドエッジ》で切り落とす。そのあとで麻痺させたら終わりじゃったな」

ハイルカンは唖然《あぜん》として動きを止めたようじゃ。

「じいじ、ハイルカンさん固まっちゃったよ」

「そんな変なことしとらんと思うんじゃがなぁ……」

首を傾げる儂に、ルーチェが困ったような顔を見せよった。

「と、とりあえず、礼をしなくては。何か欲しいものはあるか？　金はあまりないのだが」

「特に欲しいものはないのぅ。敢《あ》えて言うなら新鮮《しんせん》な魚くらいか。小さいのも大きいのも、この街で獲れたのは美味いからな」

「分かった。皆に声をかけて、とびきりのを集める。明後日《あさって》には届けよう」

自分の胸を叩き、自信に満ち溢《あふ》れた表情を見せてくる。

「配達までしてくれるとは嬉しいのぅ。説明も終わったし、これでお暇《いとま》しようか」

「はーい。ハイルカンさん、ばいばい」

向かい合って座っていた席から立ち上がり、漁師小屋をあとにする。

「さて、あとは――」

「おじちゃんいた！」

「見つけましたわ！」

ルーチェに話しかけながら歩こうとした矢先に、声をかけられた。クリムたちを可愛がってくれた嬢ちゃんと、セミロングのブロンドを風になびかせる少女……記憶の片隅《かたすみ》に追いやっていたロザリィ嬢がおった。

「うげぇっ！」

ロザリィを見た途端、ルーチェは五歳児らしからぬ顔で、声を漏らしていた。

「アサオさん！　待てど暮らせど我が家へ来てくれないのは何故ですの!?」

「おじちゃん、今日はクマちゃんいないの？」

全く別の用件を同時に投げかけられる。たった二人といえど、同時に答えるのは無理じゃよ。

「クリムたちは家でお留守番じゃ。街外《まちはず》れでアサオ惣菜店って店をやっとるから、親御《おやご》さんと一緒に来てくれれば会えるぞ。ロザリィのほうは……すまん。完全に忘れとった」

嬢ちゃんの頭を撫でながら優しく語りかけ、ロザリィへは頭を下げる。そんな儂の隣でルーチェはずっとロザリィを威嚇《いかく》しておる。

「そうなのかぁ、ざんねん。父様も母様も忙しいから……今度誰かと一緒に行くね」

嬢ちゃんはしょぼんと表情を曇らせたが、すぐに笑顔を見せて手を挙げながら去っていった。後ろに控《ひか》えていたメイドさんが共に去っていく。どこかいいとこの嬢ちゃんなのは間違いなさそうじゃ。

「な、なんてひどい……いつ来てくれるのかと期待に胸を膨らませていたのに……あんまりですわ」

ロザリィはよろよろと座り込むと、涙を流す仕草を見せる。

「膨らますほどの胸がないじゃない！」

「言葉の綾《あや》ですわ！」

ルーチェの指摘に思わず即答したロザリィの頬は、一切濡れていなかった。

「涙出てないし！」

「誰も泣いたとは言ってませんわ！」

いや、言ってないがそう見えるように演じたじゃろ。どこの世界でも女性が涙を武器に使うのは変わらんのか。怖いのぅ。

「じいじに近付くな！」

「貴女《あなた》に用はありませんわ。私はアサオさんに用があるんですの」

「私もアサオだ！」

噛みつかんばかりの勢いでルーチェがロザリィへ猛抗議《もうこうぎ》する。

「今度はちゃんと行くから一度引いてくれんか？　樽、瓶、甕を買うから用意しといてくれ」

「いつ来てくれますの？」

「じいじ、行かなくていい！」

「貴女には聞いてません。アサオさんに聞いているんです。いつですの？　いつ来てくれますの？」

ルーチェを袖《そで》にしながら儂に詰め寄ってくるロザリィ。徐々に近付くというより、グイグイ詰めてきよる。

「明日は店で、明後日はハイルカンとの約束じゃろ……その先はまた店じゃから、四日後になるかのぅ」

「ならその日を待ちますわ」

「待つな！」

ロザリィはまたもルーチェを相手にしないで話を進める。

「今度は忘れんようにするからな」

「今回忘れた場合は私を嫁《よめ》にしていただきます！」

「させない！」

「それなら必ず来てくださいな」

「待ってろ！　絶対じいじ連れてくから！」

ルーチェを上手く操って言質《げんち》をとったのぅ。ロザリィのほうが何枚も上手じゃな。

「では、四日後またお会いしましょう。それまで名残惜しいですがお別れです」

手をひらひらと振りロザリィは去っていく。それをルーチェはがるるぅと唸りながら見送る。

「ルーチェ気付いとるか？」

「何を⁉」

「お前さんは必ず儂を連れていくと約束させられたんじゃ」

「……………はっ‼　やられた‼」

ああ、本気で気付いてなかったんじゃな。まぁ仕方ないか。ロザリィはあれでも商会の娘じゃ。まだ幼いルーチェが相対《あいたい》するには、少しばかり難しい相手になるからのぅ。

「じいじ、ごめんなさい。私がしてやられたばっかりに……」

「まぁ、儂がすっかり忘れてたのが原因じゃからな。一度約束を守れば満足するじゃろ。ルーチェが気にすることじゃないから大丈夫じゃよ」

俯《うつむ》くルーチェの頭を撫でるが、表情が晴れない。

「ロザリィを儂の嫁さんにさせない為にやったことじゃ。嬉しかったぞ？」

「ホントに？」

「ホントじゃよ」

ようやく笑顔を見せるルーチェに胸を撫で下ろし、二人で帰宅したのじゃった。

嬢ちゃんのことをクリムとルージュに伝えると、覚えていたのか嬉しそうにしていたのが面白かったのぅ。これなら会いに来ても何ら問題はなさそうじゃな。

《 27　ブランドン商会 》

二日後、朝一番にハイルカンたちから謝礼の魚介類を貰い、少しばかり頼み事をすると、店休日にやるはずだった予定は終わる。

素潜《すもぐ》り漁が基本なのはイレカンと変わらないようで、釣り竿《ざお》を見せた時の反応もさして変わらなかった。そのまま釣り竿作りの指導までいく流れもな。

「今日の予定が昼で終わってしまったのぅ」

漁師に群がられる午前の喧騒を終え、昼ごはん後の一服中にひとりごちる。緑茶が沁みるのぅ。

「このままロザリィの店に行ってしまうのも良さそうじゃな。延ばしに延ばした約束じゃから早い分にはいいじゃろ。ルーチェは……ロッツァたちと一緒に昼寝しとるし、置いてこう。連れてっても喧嘩する未来しか見えんからな」

庭先を見れば、ひと塊になって寝る皆の姿が見えた。起こさないようにそのまま一人家を出ると街中へ向かう。

ロザリィの店の場所を聞き忘れていたので商業ギルドで場所を聞き、その道すがらに金物屋で中華鍋風の鉄鍋《てつなべ》を頼む。ついでに木工所でせいろを頼んでおく。どちらでも簡単な図案を描いたものを渡すと、納得してくれた。これで料理の幅が一段と広がるのぅ。

街の北へ続く通りに、ひと際《きわ》大きな店が見えてくる。ロザリィの母親が営《いとな》むブランド商会じゃった。ロザリィの言葉通り、冒険者や商人相手の旅道具を一手に扱っているらしく、店先に並んでいる品物は多種多様《たしゅたよう》になっとる。儂も頼んだ樽、瓶、甕などをはじめとする容器全般、馬車とその部品、馬具、とかなりの品数が店の周りに置かれておる。ごちゃついてる感じがしないのは、しっかり種類ごとに並べてるからなんじゃろな。

「ロザリィと約束したアサオじゃが、誰かおらんか？」

「はーい。少々お待ちくださーい」

店に他の客はおらんかった。声をかけると、少し間延《まの》びした声が奥から聞こえる。

「お待たせしました。何をお探しですか？」

ロザリィと同じ綺麗なブロンドを長髪にした40歳前くらいの女性が出てきた。

「先日ロザリィに樽、瓶、甕を頼んだんじゃが、もう揃ってるかのぅ？　約束したのをすっかり忘れてて申し訳ないんじゃが……」

「あぁ、貴方《あなた》がアサオさんでしたか。うちの娘がご迷惑をおかけしたようで申し訳ありません。頼まれた品は揃ってますが、今日お持ち帰りになるのですか？」

女性は頭を下げ、ゆっくりと言葉を紡《つむ》ぐ。

「本当は明後日の約束だったんじゃが、先延《さきの》ばしにするのは悪いと思ってな。今日来たんじゃ」

「ロザリィに会わない為……ですか？」

「いや。たまたまこの時間がぽっかり空《あ》いてしまってな。まぁ、会ったところでまた『嫁にしてください！』と言われるかもしれんから面倒だと思ったのも事実じゃが」

顎髭をさすりながら苦笑《にがわら》いを浮かべ、儂は正直《しょうじき》に話す。

「娘のことでわずらわせてしまい申し訳ありません。でもあまり正直に話し過ぎるのもどうかと思いますよ？」

「腹芸したところで見抜かれるじゃろ？　なら極力《きょくりょく》面倒を減らしたくてな」

儂と女性は二人して苦笑し合ってしまった。

「夫に先立たれてから女手一つで育てたんですが……どこで間違えたんでしょうかねぇ」

「妙な癖《へき》は付いとるが、悪い子にはなっとらんから間違いではなかろうて。いない男親を求めてしまうのは仕様《しよう》がないじゃろ。あとは変な男に引っかからないようにだけ注意せんとな」

「今までご迷惑をかけた方たちも同じことを言ってくれました。人を見る目は悪くないみたいなんですがね……アサオさんがたぶん最高齢だと思います。私の父と言ってもおかしくないくらいですよね？　きっと」

「じゃろうな。まぁ嫁にする気は毛頭《もうとう》ないからの。遥かに年上な爺に『お義母《かあ》さん』と呼ばれる心配はしなくていいぞ」

「ありがとうございます」

思わず儂らは笑ってしまう。笑いが収まると代金を渡し、樽などを受け取る。

「街外れで飲食店をやっとるから、気が向いたら来てくれ。高級食材は扱わんし、肩肘張った料理も作れんからな。値段も手頃なはずじゃ」

「客として行かせてもらいます。娘のことでこちらがお詫びするはずでしたのに、商品まで買っていただいて……本日はありがとうございました」

軽く宣伝をしてから店をあとにし、家へと帰る。

「素敵なおじ様ですね。アサオさんですか……娘には勿体ないですね」

儂の背を見送りながら呟かれた言葉は、儂の耳にまでは届かんかった。

《 28　イスリールへの報告 》

商会での取引の翌日、早速母娘《おやこ》が店に顔を出してくれた。ロザリィは自分のいない間に来たことを恨めしそうにしておったが、約束したのは『商会に行く』ってことじゃからな。若干汚《きたな》い手だとは思うが、そこは大人の狡《ずる》さじゃよ。

その後もなかなかの繁盛《はんじょう》を見せて、つつがなく営業を終えた。おもちゃとお菓子を買う子供や、盗賊から助け出した冒険者、ハイルカンたち漁師などの常連客が出来た。面白くて目新しい料理の店として噂が広まってるらしく、新規のお客さんも順調に増えとる。

クリムとルージュも、優しく撫でる客に身を任せるくらいは人に慣れたしのぅ。勿論失礼な客や、加減をしない客には相応のお仕置きを自分たちでしとる。怪我はさせないように細心の注意と手加減をした上でじゃが。

「すっかり忘れてたのぅ」

「なにを？」

独《ひと》り言《ごと》のように呟いた儂に、テーブルなどを片付けていたルーチェが答える。

「いや、今までは街に着いたらイスリールに報告してたんじゃが、レーカスではしてなかったなと思い出したんじゃ」

「……そだね。すっかり忘れてたね」

ぽんと手を打ちながらルーチェは頷く。

「明日お休みだから行く？」

「そうじゃな。忘れてた詫びとして甘いものを持参しようかの」

翌日。朝一番で街の南端《なんたん》にある神殿へと足を運んだ。造《つく》りは他所と変わらないようで、石像の立ち並ぶ部屋に入り、目を閉じる。周囲の音が消えると、目の前にはイスリールが笑顔で立っていた。

「久しぶりじゃな。来るのを忘れてたわい。すまんな」

「セイタロウさん、お久しぶりです。お変わりないようでひと安心です」

「これお土産です。食べるか分からないけど、じいじと一緒に作ったかりんとうとホットケーキをどうぞ」

ルーチェから土産の品を手渡され、更に顔を綻《ほころ》ばせるイスリール。

「これがセイタロウさんが広めている甘味ですか。あとでいただきますね」

「気に入ったならまた持ってくるからの。遠慮しなくていいぞ」

「ありがとうございます。それでどうかしましたか？」

「いや特にこれといった用事があるわけでなく、顔を見に来ただけじゃよ」

ただ単に顔を見に来たというのに驚いたのか、イスリールはきょとんとした顔をする。

「そうですか。それは嬉しいですね」

「まぁ友人じゃからな。一緒に茶を飲むくらいはいいじゃろ？」

「お茶ですか……それならこんな何もないところでは良くありませんね」

イスリールがゆっくり左手を横に振ると、ふいに景色が変わる。何もなく、真っ白だった周囲が草花に囲まれた草原になり、遥か先には湖まで見える。その中に白いテーブルと椅子が置かれておる。

「すごいのぅ。さすが神様じゃな。一瞬でこんなことができるとは」

「じいじはできないの？」

「儂には無理じゃ。儂にできるのは美味い茶を淹れることくらいじゃよ」

きらきらした目で儂を見るルーチェに答えながら、一服の準備をしていく。三人分の湯《ゆ》呑《の》みを温めてから、お茶を注ぎ、かりんとう、ポテチ、パン耳ラスクと一緒にテーブルへと並べる。

「僕にできること。セイタロウさんにできること。ルーチェにできること。それぞれ違うのは当然です。だからこそ助け合ったり、寄り添《そ》ったりするんですよ」

目を細めながらイスリールはルーチェに話しかける。

「そっか。それでいいんだ」

「そうじゃそうじゃ。儂にもできるが、ルーチェやロッツァは魚を獲るのが得意じゃろ？その分儂は料理しとるんじゃよ」

「セイタロウさん、お茶美味しいです。皆さんはいつもこんな美味しいものをいただいているんですね。羨ましいです」

湯呑みに口をつけてからかりんとうを頬張るイスリールは、脱力しきった笑顔をしとる。

「かりんとうと緑茶は最強コンビだよね。でも最近はこのパン耳ラスクが、その座を奪《うば》いそうなんだよ」

右手にかりんとう、左手にパン耳ラスクを持ったルーチェが難しい顔をしている。

「そんなに美味しいのですか。すごいですね、パン耳」

かりんとう片手に、皿に盛られたパン耳ラスクを凝視する。そんなに仰々《ぎょうぎょう》しいものでもないと思うんじゃがな。

「まぁ、好きに食べて飲むのが一番じゃよ」

儂は【無限収納《インベントリ》】から取り出した小魚の佃煮を一人楽しむ。

「あ、じいじズルい。私もやる」

「なら僕も」

二人も真似して佃煮を口に運ぶ。

「おぉ。第三勢力が現れた。なんて熾烈《しれつ》な争いなんだ」

難しい言葉で驚きを表現するルーチェ。これ本当に五歳児なんか？　いやスライムとしてはまだ一歳にすらなってないんじゃがな。

「この甘くもしょっぱい味がなんとも……クセになりますね」

イスリールは百面相《ひゃくめんそう》の如《ごと》くころころと表情を変え、驚きを口にしとる。

「イスリールは普段何を食べとるんじゃ？」

「供物《くもつ》が僕たちの食事になるんですが、どれも素材のままか塩味で……でも最近はセイタロウさんのおかげで美味しくなっているんですよ。本当にありがとうございます」

儂の広めた料理で供物まで変化しとるんか。これっていいんじゃろか？　まぁイスリールが喜んどるならいいのかもしれんな。

「お礼と言ってはなんですが、情報を一つ。今セイタロウさんたちが住んでいる近くに、一層しかない特別なダンジョンがありますから、是非《ぜひ》行ってみてください。たぶんセイタロウさんの欲しいものが出るはずですよ」

「ダンジョン？　あるの⁉」

ルーチェは目を輝かせてイスリールに詰め寄る。

「ええ。セイタロウさんなら気付いてると思いますが……」

イスリールの言葉に反応して、ルーチェが儂を覗き込みよる。

「三ツ岩のところにあったのぅ」

「なら行かなくちゃ！　じいじの欲しいものってことは食べ物だろうし、行かなくちゃ！」

「何が出るかは秘密です。楽しみにしててください」

イスリールは茶目《ちゃめ》っ気《け》たっぷりに、人差し指を立てて唇に当てる。イケメンは何をやっても見栄《みば》えするのぅ。

「じゃぁ、帰ろう。すぐ帰ろう。ばいばい、イスリール」

儂はルーチェに腕を引かれ、急《せ》かされる。

「また来てくださいね。お土産は皆でいただきますから」

笑顔のイスリールが消え、周囲の景色が戻ってくる。石像の前でルーチェに腕を引かれた状態で、儂は立っていた。あ、転移の魔法のことを聞き忘れたわい。次回忘れてなかったら聞こうかのぅ。

「準備もなしにダンジョンに行くのは良くないじゃろ。今日は明日の仕込みとダンジョン行きの支度をしような」

「はーい。どんなのだろうね。イスリールが特別って言うくらいだからすごいのかな？」

「分からん。いつも通りの旅支度をしておけば問題なかろう」

期待に胸を膨らますルーチェを連れ、市場で買い物をして家へ帰るのじゃった。

《 29　海ダンジョン 》

昨日一日、店を営業した後しっかりと睡眠《すいみん》をとった今日は、朝から皆のやる気が滾《たぎ》っておる。昨日の営業終わりでロッツァ、クリム、ルージュにもイスリールに教わったダンジョンの説明をしたから、皆ものすごい張り切りようじゃ。

「ジャミのダンジョン以来だな。我の入れるものだといいのだが……」

「どんなのか分からないけど、特別だって言ってたからきっと大丈夫だよ」

自分の大きさに一抹《いちまつ》の不安を覚えるロッツァに、あっけらかんとしたルーチェの答え。

その足元にいるクリムとルージュは力強く頷く。

「行ってみて、ダメなら帰ればいいじゃろ。問題なく入れるようなら皆の遊び場が増えるんじゃからな」

「……それもそうだな。行ってから決めればいいだけだった。無駄な心配はやめよう」

朝食作りと並行して昼ごはんも仕上げてしまう。サンドイッチ、バーガー、丼もの、おにぎりと手軽に食べられる料理を量産して【無限収納《インベントリ》】へじゃんじゃん仕舞い、着々と準備は進んでいく。

「今日の朝ごはんは――」

「焼き魚！」

元気よくルーチェが答え、周りにいたロッツァたちも同意を示し頷く。

「分かった分かった。今用意するから待っとれ」

ごはん、味噌汁はもう準備してあるから、あとは人数分の魚を塩焼きで用意するのみじゃ。ついでに醤油ダレも作り、ヅケマグロを一緒に仕込む。味を沁みこませる為にこっちはアイテムバッグ行きじゃな。

朝食を終えれば、元の大きさに戻ったロッツァの背に皆で乗り、一路三ツ岩へ。気が逸《はや》るのか予想を遥かに超える短時間での到着じゃった。

「三ツ岩の中央がダンジョンの入り口になっとるのぅ。ロッツァもこのまま入れる大きさみたいじゃ」

「良かったね、ロッツァ」

「うむ、ありがたい。我に気を遣《つか》って皆が入れないとなると、気が引けるからな」

先の尖った鋭利《えいり》な岩が綺麗な正三角形を描くように並び、ロッツァが大きく身体を動かしても当たることのない十分な間隔が開いておる。三ツ岩の内側へ入ると、海面すれすれに他のダンジョンでも見た水晶を見つけられた。

「一応隠しているんじゃろか？」

「じいじ、これ」

水晶の付いた岩を指さすルーチェに促されて良く良く見れば、儂は驚くほかなかった。なんと、岩だと思ったものは全部水晶じゃった。いや、正確には水晶の周りを岩で覆っているみたいなんじゃ。

「……この三ツ岩を崩して持ち帰るだけでも、十分ひと財産になるのぅ」

「壊させない為にこんなところにダンジョンの入り口を作ったのかな？」

「かもしれん。船を横付けして掘削《くっさく》する強者が現れないとも限らんが……街中でダンジョンの話が一切なかったことを考えれば、ここも未発見なんじゃろ」

「一番乗りだね」

三ツ岩水晶を観察しながら話す儂。その隣におるルーチェは胸を張っておる。

「別に一番でなくてもいいし、こだわらんが、何を拾えるかは気になるのぅ。イスリールが勿体ぶるくらいじゃからな」

「じいじが喜ぶものって言ってたから、食べ物だとは思うんだけどね」

「我はどんな魔物がいるのかが気になる」

「入り口で話してても始まらん。そろそろ入ってみようかの」

水晶に皆で触れると辺りが光に包まれ、光が収まると周囲の景色が一変していた。海の真ん中にいたはずが、今は皆で砂浜に立っておった。

『セイタロウさん。お伝えするのを忘れてました。そのダンジョンですが、僕の配下が地球のゲームを参考にしたらしく「無双《むそう》ダンジョン」と呼んでます。入った人がそれぞれ魔物を千体倒さないとボスが出ない仕組みにしたそうです。頑張ってくださいね』

……範囲殲滅《せんめつ》の攻撃手段持ちが誰一人いない儂らで各個千体撃破《げきは》じゃと……なかなかしでかしてくれとるのぅ、ダンジョン担当神め。

「じいじ、どうかしたの？」

「イスリールが念話で大事なことを伝えてきたんじゃ」

動きの止まった儂をルーチェが覗き込んできよる。

「このダンジョンは皆がそれぞれ魔物を千体倒さないとボスが出ないそうじゃ。ボスを倒さないと帰れんから、頑張らんといかんな」

儂の言葉に気を引き締めつつも、やる気漲《みなぎ》る一同じゃった。

《 30　無双ダンジョン 》

「数を倒すとなるとクリムたちはちょいと不利じゃな……そこでこの指輪じゃ」

儂は【無限収納《インベントリ》】から指輪を四つ取り出し、クリムとルージュの首輪へ二つずつ通す。

二匹ともじゃれてくるので少しばかり手間取ったが、無事に付けられた。

「その指輪には《拡大《グロウス》》が付与されとる。今より大きくなれるから多少は倒しやすくなると思うんじゃよ。もう一つには《堅牢《スタウト》》、《強健《ハーディ》》、《加速《クイック》》が付けてある。儂から離れてもこれで十分戦えるんじゃないかのぅ」

クリムとルージュは嬉しそうに目を細め、またじゃれてくる。そんな二匹とは対照的に、物欲しそうな目をしたルーチェが無言のままじっと儂を見つめとる。

「私は？　ねぇ、私にはないの？」

「ルーチェとロッツァにも同じ付与の指輪を用意しとるよ。《拡大《グロウス》》は使わんじゃろうから渡さんがな」

「でっかくなって戦うのも面白そうなのにな……」

残念そうに呟くルーチェの傍で、ロッツァは大きく伸びをしておった。《縮小《シュリンク》》付きの指輪の隣にはめ込んだ指輪がきらりと光っておるな。

「ふむ。アサオ殿に直接かけてもらう魔法よりは弱いが、十分使えそうだ。ありがたい」

ロッツァは砂浜を踏みしめながら、指輪に付与された補助魔法の感覚を確かめとるようじゃ。クリムたちもその身を2メートルほどに増大させると、二匹でじゃれあいながら身体を慣らしておる。

「さて、そろそろ時間じゃな。怪我だけには気を付けて、好きなだけ遊んでくるんじゃぞ」

律儀《りちぎ》に待っててくれたのか、偶然《ぐうぜん》なのかは分からんが、こちらの準備が整うのを見計らったかのように周囲が赤点表示で埋《う》め尽くされる。砂浜、海上、海中、果ては空まで、目に見えるところも見えないところも魔物で溢れ返っとるぞ。

「先手《せんて》は我が頂こう！」

声と同時に駆け出したロッツァを見れば、海上を滑るように走っていた。いつぞや見せたボーリングのように魔物を弾《はじ》き飛ばし進むロッツァは、すぐに儂から見えなくなってしまった。姿は見えなくても宙を舞う魔物たちでどこにいるのかまだ分かるんじゃが、それも徐々に遠くなっとるのぅ。

「クリムとルージュが砂浜ね。私は石投げまくって鳥肉を集めるから」

ルーチェは砂浜に転《ころ》がる粒《つぶ》の大きな砂利を掴み、空を飛ぶ魔物たちに絶え間なく投げておる。砂浜を任されたクリムとルージュも儂の傍から走り出し、すれ違う魔物を端から吹き飛ばし、殴り、切り裂《さ》き、かみ砕いとる。

「皆、元気じゃなぁ。こりゃ負けてられん。儂も気張《きば》らんとな」

思わず漏れた言葉とは裏腹に、儂はのんびり砂浜を歩き、貝や蟹《かに》の魔物を杖で殴っておった。クリムたちが通ったあとのドロップ品を回収しながらの散歩って感じじゃな。

時折、クリムたち二匹の手から漏れた魔物が襲ってきたが、《火球《ファイアーボール》》で黒焦げにしておいた。木材ダンジョンのように、攻撃手段でドロップ品に違いが出るかと思ったんじゃが、そんなこともなくて残念じゃ。あの仕様は面白かったんじゃがな。どこでも同じようにやるのが嫌なんじゃろか……

とはいってもツメ肉、脚肉、内子《うちこ》に外子《そとこ》、カニミソ、甲羅、貝殻と様々なドロップ品を見られて楽しいがな。食材になるツメ肉やカニミソが葉蘭《はらん》に載ってたのには笑ったのぅ。ジャミなどは皮付きの肉が、皮目《かわめ》を下にそのままドロップしとったからな。地面に触れるのが衛生面で少し気になってたんじゃよ。

その後も波打ち際に打ち寄せられた鳥肉や、魚肉、各種素材を拾い集めながら、儂はのんびりと魔法を撃ち続けた。皆がじゃんじゃん狩っとるようで、歩くたび何かしらを拾う状態じゃった。

《 31 ロッツァ無双 》

「む。砂浜が見えん……かなり沖まで来てしまったようだ」

海面に点在する岩を蹴り、推進力《すいしんりょく》を得て一直線に魔物をなぎ倒す。時には海中に潜り、岩礁《がんしょう》地帯を縦横無尽《じゅうおうむじん》に飛び回る。陸地とは違い、水面を蹴っても走れない海でロッツァが昔編《あ》み出した技だった。ここまでわき目も振らずにすれ違う魔物を弾き飛ばし続けたロッツァは、ふと我に返り周囲を見渡していた。

「かなり数を稼《かせ》いだと思うのだが……どれくらい倒したか確認する手立てがないな。一度、浜へと戻りアサオ殿に見てもらうか」

ひとりごちるロッツァが浜のほうへ向きを変えると、海中から赤い足が伸び絡みついてくる。

「この色はダゴンか？　いや、奴がダンジョンにいるはずもないか」

引き摺《ず》りこもうと力を込めているようだが、ロッツァはびくともしない。微動《びどう》だにしないロッツァにしびれを切らして海面へと姿を現したのは、ロッツァより大きな蛸だった。

「ただでかくなっただけで、ダゴンには遠く及ばんな」

右足に絡みついた蛸足をはずそうともしないで、大蛸に一瞥《いちべつ》をくれつつされるがままのロッツァ。動けないのだと思ったのか、大蛸は全部の足を使ってロッツァの右足を絞る。

「力も弱い。頭も弱い……相手にならんな」

蛸の足が絡みついた右足を無造作《むぞうさ》に引き上げると、大蛸は宙へ舞い上がった。ロッツァの背に落ちた大蛸はこれ幸いとばかりに締め上げる。

その身に大蛸を絡ませたまま、ロッツァは岩場へ走る。勢いそのままに岩を蹴り上げ、空高く十数メートル飛び上がる。

「この一撃くらいは耐えてほしいものだが、どうなるか」

宙で反転し、甲羅を下へ向けると真っ直《まっす》ぐ海面に落ちていく。海に叩きつけられたダゴンもどきはロッツァを締め上げていた足の力を緩め、そのまま逃げるように海中へと潜る。

「今更逃げるのか。だが遅《おそ》い」

必死に下へ下へと潜る大蛸を追いかけ、ロッツァも海中へ入った。大蛸を目指し、一直線に真後ろから迫《せま》るロッツァに、大蛸は墨《すみ》を吐き姿を消す。身体が大きいだけあって吐く墨の量も多く、周囲は真っ暗になってしまった。

墨の中に入り込んだロッツァを確認すると、大蛸はその周りをぐるぐると回りながら魔法を唱え始めた。絶えず場所を変えながら真っ黒になった海の中心へ《氷針《アイスニードル》》を連射していく。

そうして《氷針《アイスニードル》》を打ち込み続けながらも、大蛸は次の魔法を唱える。海面を超えて、空までそびえる渦潮《うずしお》が真っ黒な墨ごとロッツァを巻き込んだ。

「全然足りん」

しかし、巻き上げられた海水から飛び降りたロッツァは、大蛸に噛みついた。表面のぬめりでなんとかロッツァの噛みつきから逃れた大蛸だったが、その目の前にロッツァの放った《氷針《アイスニードル》》が何本も迫る。全身を貫かれた大蛸は姿を変え、大きな瓶詰《びんづめ》の酢だことなったのだった。

「見たことないものだな、これは。アサオ殿への手土産に良さそうだ。歯ごたえはなかったが……まぁ、良しとしよう」

若干ふらつく足取りで砂浜へと戻るロッツァの頭上には、銀色の王冠《おうかん》が浮いていた。

「あの技はやはり危険だ。久しぶりにやったが、自分へのダメージも相当大きい。使いどころを見極《みきわ》めないといかんな」

ふらつきながらも来た時と同じように海上を駆け、魔物を弾き飛ばすロッツァだった。

《 32 ルーチェ無双 》

「きりがないよー」

弱音《よわね》を吐きつつも、絶えず石を投げて鳥型の魔物を撃ち落とすルーチェ。

「石もそろそろなくなるし」

周りを見回しとるようじゃが、投げられるものがあまり見当たらんな。

「ルーチェ、どんな調子じゃ？」

「あ、じいじ！　投げられるものがもうないの！　《石弾《ストーンバレット》》か《岩壁《ストーンウォール》》出して！」

儂が声をかけると、土属性の魔法をせがまれた。

「儂が倒すんじゃなくて、魔法が欲しいのか？」

「うん。弾がなくなるから欲しいの。《氷壁《アイスウォール》》でもいいよ。砕いて投げつけるんだ」

「今日は殴ったり蹴ったりはせんのか？」

「近付いてきたら殴ってるよ。でもクリムたちがしばしばしやってくれてるから、あんまり出番がないかな。それに今日は投げる日かなって」

儂はルーチェに頼まれた通り、周囲に《氷壁《アイスウォール》》と《岩壁《ストーンウォール》》をいくつも出していく。出した壁は即座にルーチェに殴られ蹴られ砕かれとる。出来上がった手のひら大の石礫《いしつぶて》と氷塊《ひょうかい》は、掴んだ傍からルーチェに投げられ、魔物を打ち落としとった。

生活魔法を使えるようになったが、攻撃魔法は相変わらず苦手《にがて》なんじゃな。

「これだけあれば大丈夫かの？」

「うん。きっと大丈夫。肉の他に骨も落ちてるから、足りなかったらそれを投げつける……けど一応あといくつか出してもらってもいい？」

ルーチェの周りに《岩壁《ストーンウォール》》と《氷壁《アイスウォール》》を林立《りんりつ》させたあと、儂は念の為ルーチェ自身にも《結界《バリア》》をかけてここを任せることにした。投げる物があれば、ルーチェなら問題なく攻略できるじゃろう。

◇　◇　◇

「今どのくらい倒したんだろう？」

セイタロウの姿が見えなくなると、ルーチェは礫《つぶて》を投げながら呟く。適当に投げても何かしらに当たる状況だったのだが、だんだんと湧《わ》く魔物が減ってきていた。さっきまで周囲を魔物に囲まれていたのに、残るはたった八羽になっていた。

飛んでいた魔物を倒し、魔物が湧かなくなると、雲一つなかった空に黒い靄《もや》がかかる。それが徐々に集まりひと塊になると、段々と形を変え、大きな翼を広げた鳥人が姿を現した。筋肉質な人の身体に、鳥の翼と顔が付いた妙な魔物が宙に浮いている。

「ボス？　なわけないか。私はアサオ・ルーチェです。よろしくお願いしまーす」

ルーチェは律儀に名乗ってお辞儀《じぎ》をするが、鳥人は奇声《きせい》を上げて迫り来るだけだった。

「挨拶もできないなんてダメだなぁ。じいじに怒られるよ」

ルーチェの剛速球《ごうそっきゅう》は、頭から突っ込んでくる鳥人の翼を的確に撃ち抜く。ルーチェは頭から落下する鳥人に飛び付き、翼の付け根に足を、腰、腕をかけて絞り上げ、全体重を乗せたまま地面へと突き刺した。砂浜に杭打《くいう》ちされた鳥人が、頭だけを埋《うず》めたまま砂浜にくずおれる。

「終わり？　でもアイテムに変わらないってことはまだなんだよね？　じゃぁ、もいっちょ！」

そう言うとルーチェは力なく横たわる鳥人の腰を掴んで力任せにぶっこ抜き、ブリッジを効《こ》かせた綺麗な弧を描いて、再び砂浜に突き刺した。一度で終えずに、二度、三度と繰り返し弧を描く。

「これでお終《しま》い！」

声と共に飛び上がり、砂浜にうつ伏《ぶ》せのまま微動だにしない鳥人の腰に、両膝を揃えて着地する。それで鳥人の姿は掻き消え、あとには嘴《くちばし》と羽根が落ちていた。

「うん。砂浜での投げ技はあんまり効かない。でも膝から落ちるのは良く効くね。やっぱり使ってみないと分からないことが多いなぁ」

鞄にドロップアイテムを仕舞いながら話すルーチェの頭上には、銀色の王冠が浮いていた。

《33　双子《ふたご》無双からの独壇場《どくだんじょう》》

「えげつないのぅ」

ルーチェのいた砂浜からクリムたちの戦っとる場所へ歩いてきたところ、二匹の戦い方を見た儂の口からは思わず感想が洩《も》れてしまった。

クリムとルージュは湧いた魔物を即座に退治しておった。野生の勘《かん》でか、あるいはたまたまかは分からんが、湧く場所を見つけたらしく、二匹でその場所を挟み、交互に前足を振っておる。

魔物の湧く間隔が段々遅くなり、やがて湧かなくなると、ひと際大きなシオマネキが現れた。が、クリムとルージュの間を行ったり来たり弄《いじ》られ続け、その姿は巨大なハサミに変わってしまったんじゃ。クリムとルージュの頭上には、銀色の王冠が浮いとる。

「アサオ殿、調子はどうだ？」

声のするほうへ顔を向けると、海から上がってくるロッツァと目が合った。

「ロッツァも終わったの？　鳥が出なくなったからこっち来たんだけど」

砂浜を歩いてくるルーチェが、ロッツァの頭上を指さしながら声をかけた。

「千体斬りすると王冠が出るのかのぅ？　儂はまだ全然狩ってないんじゃが……」

「へ？　じいじ、まだ狩ってないの？」

ルーチェは不思議そうに儂を見つめとる。

「アイテム回収と散歩がてらに皆の様子を見て回っていたんじゃよ。流れ弾が皆に当たる可能性を考えたら、魔法を乱射《らんしゃ》するのも気が引けての」

儂は【無限収納《インベントリ》】から適当につまめそうなものをいくつか見繕いながら、ルーチェに答える。

「これでもつまんで休んでてくれんか？　その間にちゃちゃっと終えるから」

波打ち際から離れた場所にいろいろ準備し、皆が集まったのを確認してから《結界《バリア》》を張る。万が一にも流れ弾やら魔物の破片《はへん》やらが飛ぶとまずいからのぅ。

儂はいくつも《岩壁《ストーンウォール》》を出して、物見塚《ものみづか》のような足場を急拵《きゅうごしら》えした。こりゃ見通しが良いのぅ。

「さて、初級魔法の雨あられを体感してもらおうか」

割と規則的に揺らめく水面に《水柱《ウォーターピラー》》を林立させ、海上にいる魔物たちを覆い隠す。

「数が多いからまずはこれじゃ、《火球《ファイアーボール》》」

水柱に儂が放つ火球が撃ち込まれる度、大きな音と一緒に周囲には水蒸気《すいじょうき》と湯気《ゆげ》が立ち込める。目隠しだけなら辺り一面に《濃霧《フォッグ》》をかけてもいいんじゃが、あれはダメージないからのぅ。ついでに数も減らしたいからちょっとばかりの応用魔法じゃ。

海上の喧騒をものともしないで、穏《おだ》やかな海中を進んで近付いてくる赤点が見えたが、「見えない水中にも対策打つに決まっとろう。いかに近寄らせないかが魔法使いの戦いじゃからな」

儂の準備は万端じゃよ。

他所に目を向けている間に罠《わな》を張る。戦術の基本じゃな。《水柱《ウォーターピラー》》の作成とほぼ同じタイミングで《束縛《バインド》》を応用して、海藻を網のように張り巡らせておる。

「水中の赤点が消えているのぅ……これも数えられとるんかな？」

網にかかり前に進めない魔物が、後ろからくる魔物に次々押され、そのまま圧死してアイテムへ姿を変える。すると次は二列目の魔物が前に押し込まれ、同じことが繰り返されとるようじゃ。

「……簡単に数を稼げるのはありがたいが、なんだか気が抜けていく展開じゃな」

水蒸気と湯気による継続《けいぞく》ダメージもあるらしく、赤点が状態異常の黄点に変色した範囲も広がっておるな。儂はマップを見ながら、次の一手を打つ。

「さて、砂浜はこんな感じでいこうかの」

高さ数メートルの《岩壁《ストーンウォール》》を波打ち際に立ち並べる。その根本の海側を《風刃《ウインドエッジ》》でくの字に抉《えぐ》れば仕上がりじゃ。

立ち並ぶ岩壁は一斉に倒れ、砂浜に湧いていた蟹や貝、人魚や魚人などを下敷《したじ》きにして押し潰す。

「じいじが一番えげつないよ。広範囲の魔法なんていらないじゃん」

「うむ。範囲殲滅の高位魔法より恐ろしい。海藻にやられるのも嫌だが、今の岩倒しもひどいな」

ルーチェとロッツァの言葉に同意するかの如《ごと》く、首を縦に振るルージュとクリム。皆一様に何かしらを口に含みながら感想を述べておった。

そんな指摘をしたくなる状況を見ながらのん気に何かを食べとるお主らを注意したいぞ、儂は。

「……そろそろ千体くらい行くと思うんじゃが、星降らせで仕上げといこうかの」

物見塚から海へ向けて、《石弾《ストーンバレット》》に《炎柱《フレイムピラー》》を纏わせ、《加速《クイック》》で高速発射。儂はそれを絶え間なく連射、連射、また連射じゃ。《水柱《ウォーターピラー》》を唱えていないのに、先ほどを上回る水煙が上がり、水柱も何十本と立ちよった。

「我の出番だ！　海の魔物の恐ろしさ……その身を以《もっ》て味わうがいい！」

その時、白と黒の色使いが綺麗な巨大魚が、宣言と共に海から飛び跳ね、躍《おど》り出た。

「「あっ」」

儂と魚の目が合ったが、時既に遅し。高速の石弾は巨大魚の腹を貫通しておった。

「……待ってたのに……出番待ってたのに……」

「すまん」

悲しげな眼をした綺麗な巨大魚が消えると、儂の頭上に銀色の王冠が浮かび上がったのじゃった。

《 34 鰹節 》

「登場と同時に消したよ」

「いや、一応、能書きを垂《た》れる時間くらいはあったのだから、良いのではないか？」

ルーチェとロッツァがひそひそ話とも言えない音量で会話をしとる。いや、あんな出方すると思わんじゃろ、普通。

「……これで全員、千体斬り達成じゃな」

「流したよ」

「流したな。これは触れるなということなのだろう」

視線を交わしながら相談を繰り返すルーチェとロッツァは放っておく。クリムとルージュは、波打ち際に流されてきた、枯れ木のようなドロップ品を咥えてきてくれた。

「おぉ、ありがとう。お前さんたちが倒した奴らのもまだまだあるじゃろう……大変そうじゃな」

クリムたちから受け取った枯れ木は、儂が最近求めて止まない、随分と慣れ親しんだものじゃった。即座に鑑定し、その結果を見た儂は、にんまり笑ってしまった。

「ルーチェ、ロッツァ、クリム、ルージュ！　アイテム回収じゃ！」

笑いながらも、思わず大きな声で皆に号令を出してしまったわい。

「どしたの？」

「儂の欲しかった鰹節が落ちとるみたいなんじゃ。これを見逃してダンジョンから出るわけにはいかん」

「アサオ殿、その枯れ木が『かつおぶし』なる食材なのか？」

ロッツァは儂の手元をじっと見つめとる。

「そうじゃ。これ自体を食べても十分美味いんじゃが、ダシとして使うと料理を一段も二段も美味いものにしてくれるんじゃよ」

「そんなに⁉　なにそれ、すごい！」

ルーチェは驚きの声を上げながら、儂の手元を覗き込む。ただ聞き覚えのある名を思い出したのか、ルーチェの表情はすぐに不思議そうな顔へ変わっておった。

「あれ？　かつおぶしって、じいじが市場で探してたやつだよね？」

「イスリールは『儂の欲しいものが出るダンジョンです』って言っとったが……まさか鰹節だったとは思わんかった」

ほくほく顔の儂を見て、皆が笑っとる。

「手分けして拾い集めるのがいいだろう。念の為、海中は我が見てこよう」

「なら私はあっち。クリムと一緒にやるね。ルージュはじいじと一緒にお願い」

言うが早いかロッツァは海へ、ルーチェとクリムは海を正面に見て右手へと砂浜を歩き出していた。

「儂らは左手方面じゃな。拾い逃しのないようにゆっくりやろうかの」

大きいままのルージュは、儂に寄り添いながらこくりと頷いた。しかし、海の中に落ちた鰹節は食べられるんじゃろか……

狩りとアイテム拾いで半日費《つい》やし、今の時刻は昼くらい。拾ったばかりの鰹節で最初に作るのは、ダシをしっかり効かせた味噌汁、おひたし、玉子焼きという和食の定番じゃ。

儂がよく作る料理だからこそ、皆にも味の違いが良く分かると思ったんじゃよ。思惑《おもわく》通り、美味しくなった料理に皆が目を見開き驚いておった。その後、何度も何度もおかわりを繰り返していたから、儂が鰹節を欲しがった理由に納得してくれたようじゃ。

「そんなに食べたら帰るのが大変じゃろ」

「苦しい……」

「これほどの違いが出るのか……ダシとは偉大《いだい》だな」

ぱんぱんに膨れた腹に手を添え、ルーチェは横になっとる。片やロッツァは膨れた腹を意に介さず、ダシの威力《いりょく》に未だ驚いておった。クリムとルージュは暖《あたた》かな日差《ひざ》しと心地よい満腹感からうたた寝をしておる。

「……もういいかしら？」

聞き慣れない雄々《おお》しい声に、儂は振り返る。極々《ごくごく》小さな布で胸を隠した筋肉質な上半身と、熱帯魚を思わせる艶《つや》やかな下半身の人魚が波打ち際に横たわっておった。

「誰じゃ？　皆、千体斬りを達成したから、そろそろ帰るつもりなんじゃが」

「私、ボス。ボス倒さないとダンジョンからは出られないの。貴方たちが倒したのはボスの前に現れる中ボス」

こめかみをぴくぴくとさせながら、手にした三叉槍《さんさそう》と声を震わせるマッチョ人魚。

「まったく、良い匂いさせてると思ったら何？　私に気付かないでパクパク料理食べ出して。終いには気付かずに帰ろうとするって何なの？」

「おに……おね……さんは、どっちなの？」

ぶつぶつ呟く人魚に小さく右手を挙げたルーチェが問いかける。

「私は雌《めす》よ！　たまたま……そう、た・ま・た・ま、身体が雄《おす》になってしまっただけなのよ！　心は立派な雌よ！」

力強く拳を握って力説する人魚に、クリムとルージュが一歩下がった。引く気持ちは分かるぞ。出来れば儂も下がりたいからな。

「お姉さんと戦えばいいの？」

「貴女はいいわ。砂浜に何度も叩きつけられるなんて御免《ごめん》よ。私はそこのナイスミドルなシブメンに戦いを挑むわ」

儂はビシッとマッチョから指さされた。ナイスミドルでもシブメンでもないんじゃが……

「ただその前に、私も先ほどの食事を頂けないかしら？　目の前でぱくぱく美味しそうに食べられたから、気になって仕方ないのよ」

「構わんが……それから戦うとなるとやりづらくないかの？」

「あ、大丈夫よ。そのあたりの切り替えはちゃんとできるから」

人魚は指さしていた右手を開き、手のひらを見せ、左手で髪をかき上げてポーズを決める。このポーズは、気にするな、って意味なんじゃろか？

「とりあえず一人前でいいな。今用意するから少し待っとくれ」

先ほどと同じ和食を作ると、人魚は勢いよく食べ出す。

「何よこれ！　美味しいじゃない！　人種はこんなものを食べてるのね！　贅沢《ぜいたく》な！」

褒《ほ》めるか、貶《けな》すか、どっちかにせんかのう。それにそんな沢山一度に頬張ると、喉に詰まらせたみたいじゃな。

「うっ‼」

必死に胸を叩くが、急速に人魚の顔色が変わっていく。茶を手渡そうと準備する間に、人魚は倒れ、痙攣し始めておる。

まった。

【無限収納《インベントリ》】から取り出した湯呑みを渡すことなく、マッチョ人魚は動かなくなってしおった。

人魚の姿が消えたあとには、三叉槍が一本と、こんもり山積《やまづ》みになった鱗が残っておった。

「……死ぬほど美味しかったんだね」

「史上最高に恥ずかしいボスの死因だろうな」

ルーチェとロッツァはドロップアイテムを見ながら、悲しそうに呟いておる。

「なんとも締まらないボス戦になったが、これで一応ダンジョン攻略は完了みたいじゃな」

儂ら全員の頭上に浮いていた銀色の王冠が金色へ変わり、そのままぽすっと頭に落ちてきた。

鑑定してみたところ、『証《あかし》の王冠』と出よった。装備《そうび》しても特別な効果は何もない単なる王冠らしく、『三ツ岩ダンジョン踏破者《とうはしゃ》の証』とだけ書かれていた。

「記念品も貰ったから帰ろうかの」

儂の言葉がきっかけだったのか、周囲が光に包まれる。光が消えたので辺りを見回すと、儂らは三ツ岩を見下ろす大岩の上に弾き出されておった。

《 35　クリムとルージュにメロメロな少女 》

皆でロッツァの背に乗り、家へ帰ると、先日会ったばかりの少女が庭先で待っておった。

「おじちゃん、今日はお店終わっちゃった？」

砂浜でロッツァの背から降りる儂に、少女は駆け寄り声をかけてきよる。

「今日はお休みじゃよ。皆でちょっと散歩に行ってたんじゃ」

「その子たちに会いに来たんだけど、いなかったからどうしたのかな？　って思ったの」

つぶらな瞳が儂とクリムたちを交互に見つめとるな。

「クリム、ルージュ。大丈夫そうなら、この子の相手をしてやってくれるか？」

二匹はこくりと頷き、少女の傍へと歩み寄った。

「わぁ、おじちゃんありがと！　やっぱりふかふかだぁ！」

少女は満面の笑みでわしゃわしゃと二匹を撫でまくる。

「じいじ、私もあの子といるね。鞄に入ってるお菓子一緒に食べよー」

砂浜に座り込む勢いで撫でる少女と共に、庭へ歩くルーチェ。歩く間も撫で続ける少女にはルーチェも苦笑いを浮かべとるわい。

「……で、親御さんかな？　儂に何ぞ話でもあるんか？」

一見して豪華ではないが、仕立ての綺麗な衣服に身を包んだ年若い男女がいたので、話しかける。

「娘がお世話になったようで、ありがとうございました」

儂より遥かに年下の男性が頭を下げると、隣に立つ女性も無言のまま頭を垂れる。

「私がサンバニ、妻はルカと申します」

にこりと微笑《ほほえ》むサンバニに紹介されたルカは、柔らかい笑みを儂に向けてくれた。

「儂は――」

「アサオさんですよね？　紅茶とコーヒーをギルドに卸している」

「正解じゃが、どこで知ったんじゃ？　ギルドが仕入れ先を外に漏らすとは思えんが……」

「これでも貴族の端《はし》くれです。とは言っても今じゃ市民と大して変わらない貧乏貴族ですが」

自虐《じぎゃく》を口にするサンバニの横でルカは苦笑いをしていた。

「その貴族様が一般市民、しかも流れの商人のもとを訪ねるとはどういった了見《りょうけん》じゃ？」

「様を付けるほど偉くありません。どうぞ呼び捨てで。フォスの街で義妹夫婦がお世話になったと書が届きました。それで直接お礼をと思いまして」

「フォスの夫婦？　ゴールディ商会かジルクのとこかの？」

儂は顎に手を添え、指先で髭《ひげ》を遊ばせる。

「ジルクの妻エリーがルカの妹です。姪《めい》のニーナの怪我を治していただいたそうで、本当にありがとうございました」

サンバニとルカは再び頭を下げてきよった。

「気を悪くしたらすまん。つかぬことを聞くが、ルカは声が出んのか？」

「ええ、ルカは生まれつき声が出ません」

サンバニは真剣な眼差しで儂に答えてくれる。横に立つルカは静かに頷き、肯定《こうてい》した。

「ニーナの治療と同じように魔法をかければ治るのか？」

「いえ、無理でしょう。先天的にないものを補《おぎな》える魔法はありませんので、一度も試していません。それに万が一可能性があるとしたら最上位の回復魔法でしょう。機会があったとしても謝礼が非常に高いんです。ですからルカ自身がそんなことにお金を使わずに、娘の為に使いたいと望みまして……」

「ふむ、ならとりあえずやってみるか。《復活《リザレクション》》」

儂が魔法を唱えると、ルカの全身を優しく光が包み、喉の辺りに集中していく。徐々に光が弱まり、消えていく。

「……ジルクが書いた通りですね。想像を遥かに超えている」

「どうじゃ？　声は出そうか？」

驚きのあまり目が点になっているサンバニを放っておいて、儂はルカへ問いかける。

声を出そうと口を開くが、呼気が漏れるだけで音にはなっておらんかった。

「ダメか。すまんな、力になれなくて」

ルカは首を横に大きく振り、優しく見つめてきた。

「……ありがとうございます、アサオさん。試せただけでも良かったです。このお礼は」

「いらんいらん。治せてないんじゃ、礼を貰う資格なんぞないわい。言葉だけで十分じゃよ」

治療に失敗しとるし、勝手に使っただけの魔法で報酬《ほうしゅう》は受け取れん。『治りませんでした、でも報酬は頂きます』じゃ詐欺《さぎ》がまかり通る世になってしまうわい。治らなくても望む限り、でき得る限りのことをしたならば話は別じゃがな。

「おじちゃん、今なにかしたの？　母さまが光ってたけど……」

魔法の光が視界に入ったのか、少女はクリムを抱いたまま儂の傍へ歩いてきた。

「お母さんの喉が少し痛かったらしいから、魔法をかけたんじゃよ」

「そうだよティカ。アサオさんが治してくれたんだ」

「おじちゃん、ありがと！　クマさんもありがと！」

儂とサンバニに言われた少女は感謝の言葉を述べると、笑顔でクリムに顔を埋める。

「さて、そろそろ帰ろうか。アサオさん、お休みのところ申し訳ありませんでした」

「構わんよ。店に来るのは客だし、訪ねてくるのは友人じゃろ？　ティカもまたおいで。ルーチェ、クリム、ルージュと待っとるからの」

「はい！　また来るね」

サンバニたちは一家でお辞儀をすると、控えていたメイドさんと一緒に帰っていった。何度も振り返り、手を振るティカが可愛らしく、微笑ましかったのぅ。

「あのメイドさん、盗賊たちよりかなり強いと思うよ」

儂の隣で手を振るルーチェがぼそっと呟いた。

「じゃろうな。これといった隙《すき》が見当たらないからのぅ」

一家を陰《かげ》ながら支えるメイドの力量に目を細める儂らじゃった。

《 36　レーカス料理教室 》

以前の打ち合わせ通り、料理教室は街外れのアサオ家で開催《かいさい》されることになった。イレカンの時と同じ体験型にするので、コンロの口数が圧倒的に足りんかったが、ウコキナがギルドの備品を貸し出してくれたので、今は搬入《はんにゅう》真っ最中じゃ。

商業ギルドが手配した若い衆が運び入れた、リビングに所狭しと並ぶ魔道具コンロは、全部で10基《き》、20口。この他に家に備え付けのものがあるので、かなりの熱気になりそうじゃな。

若い衆が庭先でへとへとになっとったので、冷たい紅茶とコーヒーを振る舞ったら、かなり喜ばれたわい。キンキンに冷えたものは初体験らしく、驚いていたがの。空《から》になったようじゃ。

容器を寂《さび》しそうに見つめていたので、おかわりとして大きめの水差しを置き、儂は室内へ戻る。背後から、我先にと競《きそ》いあうおかわり合戦の音が聞こえてきたから、元気になった

「なんとも圧巻《あっかん》じゃな」

「これで沢山の料理ができるんだね……食べ放題だねぇ」

魔道具コンロを前に思わず呟いた儂をよそ目に、ルーチェは食べる気満々で笑みを浮かべとる。

「教室参加者の料理は食べちゃいかんぞ。皆がそれぞれで味見をせんといかんからな」

「じいじの作ったのは？」

「それも皆で味見じゃ。元となる味を知らんと違いが分からん」

ルーチェはがくっと項垂《うなだ》れ、土下座《どげざ》のような格好になってしまった。

「儂ら用に外でちょっと良い物を作るから、それで我慢してくれ」

「良い物？」

「燻製《くんせい》じゃ。専用の箱を作ってもらったのに使う機会がなかったからのぅ。皆に教えている間にのんびり燻《いぶ》せば、美味しいのができると思うんじゃよ」

「それって美味しい？」

「たぶんな。作ってみないと分からんが……大外しはせんじゃろ」

天高く拳を突き上げ、ルーチェは全身で喜びを表しておる。

「難しいことはないから、ルーチェには燻製の面倒を見てもらおうかの」

「はーい。頑張って美味しくするよ」

ルーチェと一緒に外に拵えた竈へ向かい、火をくべる。燻製器の中には塩とハーブに漬けこまれたラビ肉、鶏肉、熊肉、ウルフ肉が吊《つ》るされとる。箱の底の鉄皿にはこんもりとおがくずを盛ってある。

「燻製器の準備はこれで良し。あとはとろ火のまま一時間くらいじゃな。ルーチェ頼んだぞ」

儂の言いつけを聞いたルーチェは、大きく頷くと竈の火をじっと見つめ始めた。

傍に【無限収納《インベントリ》】から取り出したテーブルを置き、その上に緑茶とかりんとうを並べておく。一応、ロッツァにも頼んでおいたので、危なくはないし、水分補給も忘れんじゃろ。

商業ギルドの若い衆が帰ると、入れ替わりにウコキナが参加者を連れて来おった。ウコキナを含めて総勢二十名。男性も数名おるようじゃな。ウコキナから皆の参加料を受け取り、早速料理教室開始じゃ。

教える料理はアサオ惣菜店にいつも並べているものばかり。汎用性《はんようせい》が高いソース、ドレッシングを数種類に、鶏の唐揚げ、テリヤキウルフ、あとはピクルス、主食としてトマトソーススパゲッティにしてみた。甘いものも知りたいと言われたので、ホットケーキも追加しておくか。

簡単な説明をしながら儂がひと通り作り上げ、テーブルに並べると、参加者から歓声が上がった。そのまま少量ずつ皆で味見をしたら、今度は自分たちで作る番となる。

見慣れない食材に戸惑うこともなく、皆はとても慣れた手つきで一つずつ仕上げておった。参加者の誰もが料理慣れしているようで、細かな説明は不要じゃった。要所要所を軽く説明しただけでつつがなく料理が出来上がる。儂が作ったものと若干の違いがあったのか、いまいち納得いかない表情を見せとるが、そのあたりは慣れと個人の好みの差もあるからのぅ。

「じいじ、これでいいの？」

皆が自分たちで作った料理を味見しとる最中に、燻製器を持ってきたルーチェが不安そうに儂を見上げる。

「どれどれ……おぉ、良い出来じゃ。美味しそうに仕上がっとる」

箱から肉を取り出して木皿に載せると、周囲に燻製の香りが広がる。皆が香りを吸い込もうと深呼吸を繰り返す不思議な光景が儂の目の前で繰り広げられとる。

「アサオさん、それは……」

「いろんな肉を燻製にしてみたんじゃよ。干し肉ほど長期間は保たんが、それなりに長持ちするぞ？」

喉をごくりと鳴らしながら代表して儂に質問してきたウコキナに答える。その間も、皆の視線は燻製肉から外れんな。

「儂もまだ味見しとらんが……皆で一緒に食べてみようかの。ルーチェもそれで構わんか？」

「うん。いーよー」

ルーチェの返事を聞いた皆は歓喜《かんき》の声を上げる。いろんな種類の燻製肉をひと口大に切り分けて振る舞うと、噛みしめる度に皆口内に広がる肉の風味を楽しんでおった。

燻製の作り方も教えてほしいとウコキナに頼まれたので、後ほどレシピを渡す約束をして、本日の料理教室は無事お開きとなったのじゃった。

《 37 冒険者ギルドからの頼みごと 》

店休日に都合をつけて商業ギルドへ緑茶を卸した帰りに、儂は一人で冒険者ギルドへ顔を出す。盗品《とうひん》などの買い戻しと返却の経過報告、あとは中間清算をしてほしいと連絡をもらってのう。個人を特定されないようにと冒険者ギルドが配慮《はいりょ》して、商業ギルドを経由させて話を寄越《よこ》したんじゃ。ここ最近、通りに並ぶ店では目新しい商品を見かけなくなったので、冒険者ギルドの品物でも見てみるかのぅ。

強そうに見えない老人がたった一人で冒険者ギルドを訪れたら絡まれそうなんじゃが……誰を連れて来ても変わらんか。それにスール、フォス、イレカンのいずこでも、冒険者ギルドで絡んでくる冒険者は一人もおらんかったな。

報告を聞くと、まだかなりの量の盗品が残っているんじゃと。なのに問い合わせがかなり減っているらしい。このまま新規の問い合わせもなく数日経過するようなら、ギルド権限で終了にするそうじゃ。

それから、ゴブリンの巣の殲滅、盗賊団壊滅《かいめつ》の詳細を報告しとらんかったので、その説明を頼まれた。皆の修業がてらで数をこなしたことも説明したら、唖然としておった。まぁそんな目的で行く場所じゃないからのぅ。

絡んできた魔物を状態異常にしてやりすごしたことも、併《あわ》せて説明しておいた。いくらか狩り残しがいたので、フォスと同じく冒険者の間で話題になっていたそうじゃ。何でか分からないが、普段の何倍も狩りが楽になったと。ほぼ見向きもされん魔法なのはここでも変わらんのか……

そんなことを話していたら、初心者冒険者講習の講師を儂がすることに決まってしまった。生存率を上げるのがギルドとしての最優先課題なので、是非にと頼まれてのぅ。『いのちだいじに』な儂としては、協力するしかないじゃろ？　講師なんて偉そうな肩書はいらんが、少しでも若い子らの役に立つならと思ってな。

今日の講習はもう終わったので、次回以降、数日置きで定期的に開催される講習会への参加を頼まれた。店の定休日で、魔法使い向けの講習ならばとの条件を付けたが、これなら問題ないじゃろ。

冒険者ギルドでの用事を済ませ、帰りがけにサンバニの家へ寄ってみた。本人が自虐的に貧乏貴族と言っていた通り、庶民の家より少しだけ大きい造りの屋敷じゃった。

戸を叩くとメイドさんが姿を見せ、すぐにサンバニへ取り次《つ》いでもらえた。

「どうかなさいましたか？　わざわざ家に来られるなんて」

「ジルクの関係者ならばと思ってな。今度、冒険者の初心者講習で講師をやることになってのぅ。警備隊《けいびたい》の訓練にまで手を広げられんから、先に伝えておこうと思ってな」

「あぁ、それでですか。ご安心ください。私は警備隊の関係者ではありませんから」

笑顔を見せるサンバニに儂はひと安心。

「店がやってない時でもティカを連れて遊びに来ていいんじゃからな？　儂らがいなかったらすまんが」

「習い事がない日は自由にさせてますので、その時にでも伺《うかが》います。私たちが一緒に行けなくても、優秀《ゆうしゅう》なメイドがいますから」

自信満々に胸を張り、得意げな顔を見せるサンバニは、実年齢よりかなり若く、幼く見える。

「今日はこれだけじゃから、ティカとルカによろしくな。じゃぁまたの」

「わざわざありがとうございました」

サンバニは深々と頭を下げる。本人があんまり気にしてないようじゃから別に構わんが、平民に頭を下げる貴族は珍しいんじゃないかのぅ。

「おぉ、そうじゃった。サンバニの家名を聞くのを忘れてた……まぁ次回で問題ないか」

サンバニの屋敷からの帰り道でふと気付き、思わず声に出していた儂じゃった。

《 38 何故か……手合わせ 》

「じいじ、がんばれー」

心のこもってない、やる気のかけらも感じられない声援《せいえん》をルーチェが送ってくれる。

「何を頑張れと……」

「さぁ！　その実力を俺に見せてくれ！」

熱く吠《ほ》える実技教官が、目をぎらつかせながら儂と対峙《たいじ》しておる。

何がどうなってこんな事態になってしまったんかのぅ……


先日、家に帰ってから冒険者ギルドで頼まれたことを軽く説明すると、ルーチェだけが儂と一緒に行くことに決まったんじゃ。

もしかしたらティカたちが来るかもしれんから、ロッツァたちには留守番してもらい、その応対を頼んでおいた。その他は何をするもしないもロッツァたちの自由、お任せじゃよ。

食事だけは不自由ないように、おかずやおやつをかなり多めにテーブルに並べておいたがの。汁物は寸胴鍋を二つ、白飯は土鍋で三つじゃから、かなりのもんじゃろ？

アサオ惣菜店が休みの今日、朝一番に冒険者ギルドへ顔を出すと、他の教官を紹介されたんじゃ。

その際、主任と呼ばれる往年の冒険者と握手を交わしたら、挨拶もそこそこに一戦交えることになってしまったんじゃった。実力が分からない、素性《すじょう》も知れない者を同僚と呼び、教官と認めることはできないんじゃと。

どうすればいいんじゃと職員を振り返れば、何ともバツの悪そうな顔をしておった。ぺこぺこ頭を下げているあたり、こ奴は言い出したら止まらん質《たち》のようじゃな。

「……はぁ、何とも面倒くさいのぅ。どうすれば満足じゃ？」

「全力で私の相手をしてくれ。どんな攻撃でもいい、全力で打ち込んでくれ！」

若干血走った目で鼻息荒く主任に頼まれた……被虐嗜好《ひぎゃくしこう》なんじゃろか……相手したくないのぅ。

「どんな手段でもいいんじゃな？」

「あぁ構わない――」

「《麻痺《パラライズ》》」

主任が言い終わる前に魔法を叩き込むと、恍惚《こうこつ》の表情のまま倒れ込んだ……こ奴、確定じゃな。ルーチェに近付けちゃならん人種じゃ。

「《治療《パナシア》》」

主任の麻痺を治すと、少しだけ残念そうな顔を見せ、

「合格だ。使い手のいない補助魔法でこれだけの威力を見せるとは……しかも回復もできる。更には無詠唱《むえいしょう》とは、なんたる才能！」

儂に言い切りよった。

「時に、その子も教官になるのかな？　なるようなら手合わせを――」

「させんぞ」

儂が言葉を遮《さえぎ》り杖を振りかざすと、主任は笑みを浮かべてきおった……真性じゃな。

「じいじ、やってもいいよ？」

可愛らしく上目遣《うわめづか》いで儂を見上げるルーチェと、期待の眼差しを儂らへ向ける主任。

「……ルーチェ、世の中には関わっちゃならん人種がいるんじゃよ」

「ふーん、このヒトがそうなの？」

ルーチェに指さされるだけで主任は満面の笑みになっておる。

儂がこくりと頷くと、ルーチェが再度口を開くことはなかった。

「アサオさん、申し訳ありません。主任、実力は申し分ないんです。しかも打たれ強いですし」

「これは打たれ強いのではなく、趣味嗜好の結果じゃろ」

一緒にここまで来た職員の言葉に反応し、儂が思わず冷たい視線を主任へ向けると、その視線だけで身震いをしておった……手遅《ておく》れじゃな。

「補助魔法を使った狩りの仕方や立ち回り。あとできれば回復魔法を教えてあげてください」

職員は慣れた感じで主任を放置したまま、儂に依頼内容を伝えてきよる。

「主任は適当にあしらってもらって構いませんが、受講者には丁寧にお願いします。ただ、舐めた態度や生意気《なまいき》なことを言うようならシメ《しめ》てくださいね」

にこりと微笑み、職員は説明を終える。自分が一番強いと勘違いした駆け出し冒険者は長生きできんからな。伸び始めた鼻を圧《へ》し折《お》るのは先達《せんだつ》の役目なんじゃろな。

「分かった。なるようにしかならんじゃろうが、やれるだけやってみるのじゃ」

「よろしくお願いします。では受講生を呼んできます」

職員は儂にお辞儀してこの場を去る。

さてさて、どうなるかのぅ。

期待と不安が渦巻く不思議な気分じゃった。

《 39　初心者講習会 》

ギルド職員が連れてきた冒険者は全部で五人。前衛《ぜんえい》風の軽装備な男の子が二人、弓を携《たずさ》えた女の子が一人、魔法使いっぽい子が男女一人ずつおった。魔法使い主体の講習会のはずだったんじゃが……パーティでの立ち回りなど教えられんぞ？

「皆さん、おはようございます。本日の講師はこちらのアサオさんです。冒険者ではありませんが、イレカンからレーカスまでに数多《あまた》存在するゴブリンの巣、盗賊団を壊滅させました。皆さんの良き師になってくれると思いますので、心して本日の講習を受けてください」

最初に職員からそう説明されても、若葉冒険者たちは半信半疑《はんしんはんぎ》の眼差しを儂へ向けておる。まぁ、そうなるのが普通じゃろな。

「儂は難しいことは教えられん。ただ死なずに、生き残る為にどうすればいいかを教えるつもりじゃ」

前衛職の二人はあからさまに落胆《らくたん》の色を顔に滲《にじ》ませとる。

「アサオさん、少し〆てもらっていいですか？　冒険者は実力が全てだとしても、駆け出しが先達に取る態度ではありません」

職員が小声で、儂にキツめの仕置きを頼んできよった。

「主任にやったのと同じことをすればいいのか？」

「いえ、もう少し穏やかな方法があれば、そちらをお願いしたいです」

麻痺でない手段で、無力化するとなると……まぁ足場を悪くするのがてっとり早いか。

「儂の力を信じられんのじゃろ？　全員でかかってくるといい」

そう冒険者たちを挑発する儂は、何の準備も支度もせん。馬鹿にされたことがやっと分かったらしく、皆一様に顔を真《ま》っ赤《か》に染めよる。前衛の二人は怒りで我を忘れ、儂に詰めてきよったから、後衛《こうえい》の三人との間が空《あ》いてしまったな。これではもう連携《れんけい》もとれんじゃろ。

「青いのぅ。《鈍足《スロウ》》」

詰め寄る間もなく、魔法によって全員の動きが一斉に遅くなる。若者たちが戸惑い、たたらを踏む間を見逃さず、儂は次々魔法を放つ。

「《泥沼《スワンプ》》、《虚弱《フィーブル》》、《喪失《ロスト》》」

距離を詰めることも、空《あ》けることもできず沼地《ぬまち》に足を取られ、慌てふためく冒険者たち。

「これで終いじゃ、《束縛《バインド》》」

最後は儂が放った無数の蔦《つた》に四肢《しし》を縛り上げられた。

「……」

無言のまま事の成り行きを見ていた職員も、予想以上の結果に呆然《ぼうぜん》としてしまったみたいじゃ。

「これで納得したか？　冷静さを欠いて、連携も忘れ、相手の実力も推し量れない……今から近付いて、そっと口と鼻を塞《ふさ》げばお前さんたちは死ぬぞ。わざわざ近付かんでも、ここから殺《あや》める手立てはいくらでもあるがな」

儂はにこりと微笑み、冒険者たちを見回すが……恐怖で震えが止まらんようじゃ。さっきまでの怒りの色は消え、怯え切っとるわい。

「……実力差が骨身に沁みたでしょ？　先ほどからアサオさんは攻撃らしい攻撃を一切していません。それなのに貴方たちは今無力です。生き残る術《すべ》を知りたいでしょう？　アサオさんからしっかり学んでください」

諭《さと》すように言葉を紡ぐギルド職員。

「じいじの圧勝だったね。戦士っぽい人は私と組手《くみて》にしとく？」

「そうじゃな。あの子らはまず近接攻撃の対処法を知ったほうが良さそうじゃ。後衛の子らは補助魔法の重要性を教え込もうかの」

ルーチェと相談して今日の予定を決めたら、あとは数をこなすだけじゃ。

絶えず繰り出されるルーチェの拳と蹴りを受け続ける前衛職の二人を見ながら、儂は後衛の子らに何をするのが最適かを考えさせ、意見を交わす。単純に防御力を上げるだけの手法から、先ほど体験した弱体化に牽制《けんせい》など様々な手段を想像、思案させる。十分手加減しとるルーチェ相手でも、戦士二人は何もできとらんかった。

後衛の三人がどの魔法を使えるか分からんかったから、儂の知る魔法を片っ端《かたっぱし》から教えてみた。魔法使いの子らは二人ともそつなく使えるようになり、弓使いの子は《泥沼《スワンプ》》と《加速《クイック》》を使えるようになった。何回も使うだけの魔力はないようじゃったが、それでも手札が増えるのはいいことじゃろ。

へとへとになるまで動き、倒れる寸前で儂が回復させる。そんなことを夕方まで繰り返して本日の講習は終了した。

魔法で体力を回復できるにしても、腹は減るからのぅ。【無限収納《インベントリ》】に仕舞っておいた料理を振る舞うと、冒険者の子らは涙を流して喜びおった。どうやら惣菜店に行きたいと思っていたが、手持ちが心許なく来れなかったんじゃと。店で提供している料理は高価ではないが、駆け出しには贅沢品らしい。

振る舞った料理のおかげか、次回の講習会へ向けて一層やる気が湧いた冒険者たちに、苦笑いを浮かべるしかない儂じゃった。

《 40 ダメ冒険者 》

アサオ惣菜店を開かない日は、若い冒険者の為に講習会へ積極的《せっきょくてき》に参加すること数回……それなりに冒険者ギルドでも顔が知られたと思っとった今日この頃、どこぞの冒険者から絡まれてしもうた。

「そんな爺さんに何を教わるってんだ？　このランクCの俺様が代わりに教えてやるよ！」

右頬にサソリの刺青《いれずみ》をした若い冒険者が、これから儂の講習会に参加しようとしていた若い子らに、いちゃもん付けてきよった。まだ朝だというのに酒を飲んでいるようで、顔は真っ赤になっとる。

「ニトマさん、この子たちの講師はこちらのアサオさんにお願いしてあります。貴方はご自身の依頼をこなしてください」

毅然《きぜん》とした態度でギルド受付嬢が話しても、この冒険者は聞く気がないようじゃ。

「ランクBも目前な、このニトマ様に教わったほうがタメになるってもんだろ？　違うかい？」

「講師はアサオさんです」

騒《さわ》ぎを聞きつけたギルドマスターが、受付嬢に代わって言い放った。

「ギルマス〜、考えてみろよ。こんな爺さんに何を教わるんだよ？」

「生き抜く手段ですよ。貴方と違って、自力で生き抜く術を教わるんです」

ギルマスから浴びせられた蔑《さげす》みの眼差しと言葉に激高したニトマは、奇声を上げながら詰め寄っておる。

「俺が自力で生き抜いていないとでも言うのか！」

「後ろ暗い話をいくつも聞いてますよ。それに貴方よりアサオさんのほうがお強いです。弱い貴方より、強くタメになる知識を持っているアサオさんに頼むのがおかしいですか？」

ニトマに詰め寄られようと一切動じないギルマスは、なおも冷たく言葉を放つ。

「こんな爺より俺が弱いだと？　ニトマ様を舐めるもいい加減にしろ！」

「私かアサオさんと試しますか？　この街にいられなく……いや冒険者稼業《かぎょう》を続ける自信がなくなりますよ？」

「やってやろうじゃねぇか！　表に出やがれ！」

いや、儂は何も言ってないんじゃが……いきり立ってギルドの扉を顎でしゃくるニトマに対し、ギルマスは至極冷静に問いかけよる。

「どちらと試しますか？」

「まずは爺だ！　そのあとギルマス！　お前を〆る！」

茹で上がったように真っ赤になったニトマは、血走った目で儂を睨《にら》みつけてきよった。

「はあぁぁぁ……実力を見抜けないでよくもぬけぬけとランクB間近《まぢか》などと言えますね。アサオさん、〆てやってください。主任にしたのと同じ手段で構いません」

「言うだけ言って儂に振るとは……何してくれとるんじゃ？」

にこりと微笑みかけるギルマスに、威嚇の意味も込めて鋭い視線を浴びせる。

「じいじ、私がやっとくよ。心を折るなら私のほうがいいでしょ」

今まで黙って事の成り行きを静観《せいかん》していたルーチェが、いい笑顔を見せておった。

「それにじいじを馬鹿にするのは許せないよね」

ぼそりと呟き、真顔になったルーチェはギルドの外へ駆け出した。

「あの子は？」

「儂の孫じゃよ。何度か講師も手伝ってもらっとる」

ルーチェの指導を経験した若い冒険者たちは青褪《あおざ》めて、身体はがたがた震えておる。

「あの子らの反応を見れば実力は分かるじゃろ？　儂はニトマを死なせない為に行くからな」

「え？」

呆気にとられるギルマスを引き連れて表に出ると、口から泡を吹き白目を剥いたニトマが仰向けに倒れておった。仁王立《におうだ》ちのルーチェが無言のままニトマを見下ろし、二人の周りを取り囲む野次馬《やじうま》は声を失っておる。

「言わんこっちゃない、《治癒《エイド》》」

回復魔法をかけてもニトマは倒れたまま動かん。《索敵《レコナ》》は赤点のままじゃから、気を失ってるだけだと思うんじゃが……失神はどうやって治すかのぅ。

「《快癒《ヒールオール》》」

ニトマの身体がぴくりと震えるも、起き上がるような気配は感じられん。

「仕方ない。《快癒《ヒールオール》》」

やっと目を開けたニトマは、ルーチェを視認した途端、再び気を失いよった。

「……トラウマになったな、これは。ルーチェよ、何したんじゃ？」

「後ろに回って、首をきゅっと絞《し》めただけだよ」

顎に指を当て、可愛らしくやったことを報告するルーチェじゃが、その仕草に野次馬たちが恐れ戦《おのの》いておるぞ。

「こんなことはもう引き受けんからな。二度目が起きたら、冒険者ギルドからの依頼は全て断るぞ。勿論今やっとる取引も即終了じゃ」

「申し訳ありませんでした」

儂の忠告を真摯《しんし》に受け止めたのか、綺麗な土下座を見せるギルマスじゃった。

《 41 ランクB 》

「ニトマが迷惑をかけた。申し訳ない」

冒険者が四人、揃って頭を下げてきよる。

「お前さんたちが謝罪《しゃざい》する案件じゃなかろう？　本人は……まぁ儂らのところに顔を出す度胸《どきょう》はないからと、ギルマス経由でちゃんと謝罪してきておるよ」

後日、開店準備で忙しい我が家を訪ねてきたのは、レーカスを拠点《きょてん》に活動する冒険者グループじゃった。一緒に活動する四人全員がランクBという、かなりの実力者集団みたいじゃ。

「あのおっさんは私がメた。もう絡んでこないと思うよ」

胸を張り、鼻を膨らますルーチェが、得意げに話しとる。やり過ぎを注意したいんじゃが、儂の為に怒ったルーチェをそうそう怒れんて。

「そこの子供がニトマを？」

「そうじゃよ。儂が手を出す前に終わってしまったんじゃ」

ルーチェの頭を撫でながら、短髪騎士風の男に儂は答える。嬉しそうに眼を細めるルーチェの足元には、クリムとルージュが順番待ちでもするかのようにちょこんと座っておった。

「失礼ですが、この子にそれだけの実力が？　強者だというのは分かるのですが……」

「ふむ。なら手合わせでもしてみるか？　ルーチェのスタイルと噛み合うのは——」

「私かしら。体術を主にした戦闘スタイルなのでしょう？」

ぴったりと肌に密着《みっちゃく》した衣服を身に着け、目元とひと纏めにした髪だけが外に露出《ろしゅつ》しとる女性拳士が一歩前へ踏み出した。

「じいじ、やっていいの？」

「手加減を忘れんようにな」

儂が口にした『手加減』の言葉に、眉をぴくりと動かす女性拳士と短髪騎士。お主らを馬鹿にしたのではなく、ルーチェに怪我させない為なんじゃよ。そうそう怪我することもないんじゃが、自分の力で拳や足を痛めるかもしれんじゃろ？

庭先だと狭いかもしれないので、砂浜へと場所を移す。視界の隅ではロッツァが日向ぼっこをしとる。

「では、始め！」

騎士の掛け声と共に、拳士は一気にルーチェとの距離を詰める。ルーチェはその場でしゃがむと石礫を投げよった。思わぬ攻撃に一瞬だけ動きが揺らいだ拳士は、左拳で礫を叩き落とし、尚《なお》も間合《まあ》いを詰めていく。

詰めた勢いを殺さずに右の拳を突き出した拳士じゃったが、紙一重《かみひとえ》で避けられたルーチェに腕を搦《から》め捕《と》られた。拳士の伸びた右腕を抱き込んだルーチェは、腕を脇で巻き込みながら引き倒し、肘《ひじ》を逆関節に捻《ね》じ曲《ま》げる。

拳士は短い悲鳴をあげたが、なんとか体を入れ替え、腕の戒《いまし》めを解《と》こうとルーチェに蹴りを叩き込みよった。ルーチェは極《き》めた右腕を放し、眼前に迫る拳士の左足を捕まえると、足首を捻り上げた。

周囲に悲鳴を響《ひび》かせる拳士からルーチェが離れると、我に返った騎士がやっと声を上げたのじゃった。

「そ、そこまで！」

立つこともままならない拳士の左足先はありえない方向に曲がっておる。右腕も伸びきったまま、指すら動かせないようじゃ。

「ルーチェ、手加減忘れたじゃろ……」

「忘れてないよ。ここまでやらないと、私がやられてたかもしれないんだもん」

ステータスを見る限りは圧倒的な差があったんじゃが……こと実戦経験の差が想像以上に大きかったんかのぅ。踏んだ場数の違いが、ルーチェにここまでさせてしまったと。

騎士の後ろに控えていた魔法使いが拳士の傍に駆け寄り、呪文を唱える。弓使いの嬢ちゃんもポーションらしきものを拳士に飲ませていた。

「《快癒《ヒールオール》》」

無詠唱で拳士に回復魔法を施《ほどこ》すと、唱えていた呪文を途中で止め、目を見開く魔法使いと目が合った。弓使いの嬢ちゃんも、拳士の口に当てていた瓶をそのままに盛大《せいだい》に瞬《まばた》きをしとる。小さいとはいえ瓶で口を塞いでいたら、拳士の嬢ちゃんも苦しいんじゃないかのぅ。

儂の思った通り苦しかったらしい拳士は瓶を払いのけると起き上がり、ルーチェの前に正座した。

「己の未熟さを知りました！　ぜひとも私に手ほどきをお願いしたく！」

額《ひたい》を地面に打ち付けるように、拳士は頭を下げる。

「えぇ～。ヒトに教えるほど強くないよ。私なんかよりじいじのほうが何倍も強いんだよ？」

拳士に集中していた皆の視線が儂へと集まった。

「……儂らは強さを求めておらん。他を当たってくれんかの？」

「アサオ殿、私と手合わせ願いたい」

騎士が力強く言い放ち、真っ直ぐな視線を儂へ浴びせておる。

「いや、儂は遠慮したいんじゃが――」

「お願いしたい！」

儂の言葉を遮り、騎士は大音声《だいおんじょう》を張り上げおった。

「……はぁ、一度だけじゃぞ」

開店準備をしたい儂の意向を無視して、手合わせは決まってしまいよった。

仕方ない、さくっと終わらせてさっさと支度をせんとな。

《 42　対騎士戦 》

「アサオ殿、先に言っておこう。私に魔法は効かない。魔法使いの貴方にとって、厄介な相手になるはずだ」

手の内をばらすのは馬鹿だと指摘するべきか、それとも正々堂々としていて良いと褒《ほ》めるべきなのか……悩むのぅ。

「話半分に聞いておこうかの。ブラフかもしれんからな」

儂は杖を構え気を引き締めてから、騎士との距離をとる。

「では……始め！」

ルーチェの隣に立つ拳士が合図を出す。

「《結界《バリア》》、《加速《クイック》》」

騎士が一歩駆け出すより早く、自分に魔法をかけていく。

「《麻痺《パラライズ》》」

儂の魔法を受けても騎士の足は止まらん。首にかけられた奇石《きせき》が光り輝き、魔法を吸い込んどるようじゃった。

「私に魔法は効かないと言っただろう！」

眼前まで迫った騎士は剣を鋭く振り下ろす。儂は後ろへ下がりかわすが、騎士は儂を逃すまいと連撃《れんげき》で間合いを詰めよった。

「剣の間合いでは何もできまい！」

絶えず斬りつけてくる騎士。その剣を儂はかわすのみじゃ。騎士の体勢を崩すこともままならんから、儂は剣を避け後ろへ大きく飛び退《の》き、間合いを開けて一度仕切り直すことにした。

「手も足も出ないか！」

挑発のつもりなんじゃろ、剣士は安い言葉を浴びせてきよった。

「直接の魔法はダメなんじゃな……それなら《泥沼《スワンプ》》」

儂と騎士を中心にして、見える範囲全てを沼地に変えてやった。予想通り騎士は足を取られとる。

「やはりのぅ。間接的なら効くんじゃな。も一つおまけじゃ、《猛毒《ヴェノム》》」

沼地を毒々しい色へと変える。足を取られた騎士は儂の思惑通り、毒を浴びて苦しそうじゃ。

「お前さんは装備に頼り過ぎじゃな。も少し地力を付けたほうがいいぞ？」

「うるさい！　私もまだ修業中の身……今以上に強くなってみせる！」

騎士に安い挑発をお返しすれば、いとも簡単にかかりよった。まだまだ若いのぅ。

毒の沼地を必死に進み、儂との距離をなんとか詰めた騎士は、一矢報《いっしむく》いようと横薙《よこな》ぎに剣を振るう。杖で剣の軌道《きどう》を軽く逸《そ》らせば、騎士の体勢は容易《たやす》く崩れおった。ぬかるみの中、必死に踏みとどまった騎士の左膝を正面から踏み抜くと、あとは倒れるだけじゃった。

「そこまで！」

拳士が手と声を上げ、儂と騎士の手合わせは終了になった。全ての魔法を無詠唱で使った儂を、魔法使いが目を擦《こす》り何度も見直しとる。大抵の者が使えないと思っとる補助魔法のみで騎士を手玉に取った。

毒沼に倒れてもがく騎士を《治療《パナシア》》と《快癒《ヒールオール》》で治療して、無事全てが終わりとなったのじゃ。

「満足したじゃろ？　さて、ルーチェ開店準備じゃ。急がないと間に合わん」

「あっ！　そうだね。このお兄さんたちの相手してたからギリギリだよ」

わざとらしく話す儂らを、四人はバツの悪そうな顔で見ておる。謝罪に来たはずが何故か手合わせになり、あまつさえ貴重《きちょう》な開店準備の時間を奪っただけじゃからな。

「アサオ殿、申し訳ない。つい心躍《こころおど》って挑んでしまった。詫びとして店を手伝わせてくれないか？」

本当の目的を思い出した四人は、儂に頭を下げながら頼み込んできた。

「なら、お言葉に甘えようかのぅ。儂が作る料理をどんどん並べてくれ。並べ方はルーチェに聞けば分かる。さぁ、ちゃっちゃとやらんとお客さんが来る時間になってしまうぞ」

「「「「はい！」」」」

四人は元気の良い返事をしてくれた。

儂が仕上げた料理を次々渡され、テーブルと台所を往復《おうふく》する彼らは、その匂いに食欲が刺激されたのか、盛大に腹の虫を合唱《がっしょう》させておった。その合唱を合図に、今日のアサオ惣菜店は開店となったのじゃった。

匂いと空腹《くうふく》に負けた四人は、惣菜店の手伝いだけでなく売上にも貢献《こうけん》して帰っていった。

「なんか大変な一日だったね」

「そうじゃな。まぁこんな日もあるじゃろ」

のんびり店じまいをしながら話す儂とルーチェ。子供や女性に大人気《だいにんき》のクリムとルージュは、儂の足元にじゃれつき、頷いておる。

「アサオ殿、今夜は何を食べるのだ？」

砂浜からゆったりとした足取りで帰ってきたロッツァと一緒に、皆で楽しい夕食を過ごしたのち、眠りに就《つ》く。こうして慌ただしい一日を終えたのじゃった。

《 43　アサオ惣菜店はたまり場ではないぞ？ 》

先日のニトマ瞬殺《しゅんさつ》事件と、Bランク冒険者パーティの一件がどうやら噂になっていたらしく、アサオ惣菜店はおかしな賑わいを見せておった。その上、冒険者ギルドの初心者講習会の参加者には儂の料理が振る舞われることも知れ渡ったようで、妙な人気を見せとる。

この賑わいは惣菜店だけでなく、初心者講習会も同じなんじゃと。客として店に来た冒険者ギルド受付嬢がそう教えてくれたんじゃ。

「きつくてもタメになる講習を受けられて、終わったあとにもお楽しみがある」

と参加した若葉冒険者が口々に話し、徐々に噂が広がったんじゃと。今では噂話に尾ひれ、背びれ、ついでに足まで付いて――

「伝説の冒険料理人が生存方法を伝授《でんじゅ》してくれて、今まで食べたことのない絶品《ぜっぴん》料理を食べさせてくれる講習会があるらしい」

なんてことになってるそうじゃ。噂話としても随分盛ってるのぅ。期待するのは構わんが、落胆するのはやめてくれんか？　自分で広めたことなら甘受《かんじゅ》するが、こちらは一切喧伝《けんでん》しとらんことじゃからな。

面倒事にならんよう、儂は知らぬ存ぜぬで押し通すが、念の為ギルドから『そんな人物はいない』と通達してもらって釘を刺したが、どこまで効果を見込めるじゃろか……

「本当に申し訳ありません。ご厚意で講師を受けてもらったのに……ギルマスもご迷惑をおかけしたそうで、重ね重ね申し訳ございません」

客として来ただけの受付嬢が深々と頭を下げ、買おうとした品を儂の前に並べとる。

「あぁ、気にせんでくれ。悪いのはギルマスじゃ。あとでもう一度〆ておくからの」

にこりと笑いかけ、かりんとうを一つおまけで渡すと、受付嬢は笑顔を見せてくれた。

買い物が終わり、店を出た嬢ちゃんと入れ替わりで、この前のBランク騎士パーティが入店してくる。

「なんじゃ？　また来てくれたのか？　並べている料理は今日も代わり映《ば》えしとらんぞ」

「変わらなくていいんだ。アサオ殿の料理であれば満足だからな」

　頷きながら、騎士は大きな声で返事をしよる。

「師匠《ししょう》。お手伝いに来ました。今日もお願いします」

　女拳士は真面目な顔でルーチェの前に立ち、腰から直角に頭を下げる。それを見たルーチェは『うげぇ』としか言い表せない微妙《びみょう》な表情をしておった。

「……弟子《でし》は取ってない。だからお手伝いもいらない」

「師匠からの厳《きび》しいお言葉は、心の鍛錬《たんれん》なのですね。肉体の前にまずは精神から……深いです」

「深くない。意味はない。言葉通りに受け取って」

　項垂れるルーチェをキラキラした瞳で見つめる拳士。

「私たちはロッツァさんに稽古《けいこ》をつけてもらっていいですか？」

　弓使いの子がそう訴え、隣に立つ魔法使いの子も頷く。

　何度か通ううちにロッツァの実力を目の当《ま》たり《あ》にしたらしく、来る度手合わせを頼んでいるそうじゃ。ロッツァは、狩ったばかりで鮮度の良い海の魔物を咥えて儂に持ってくるからのう。儂には理解できんことじゃが、強者に挑みたくなるのは武の高みを目指す者の性《さが》なんじゃろか……

「ロッツァー。今日もこの子らの相手をしてやってくれるか？　怪我にだけは注意するんじゃぞ」

「分かった。その後はまた狩りに行っても良いだろうか？」

浜辺にいるロッツァに庭先から声をかけると、すぐに答えが返ってきた。

「食べたいものがあるなら構わんぞ。あ、無駄な狩りは禁止じゃからな」

「分かっている。ではさっさと終わらせよう」

「さっさとなんて終わらせないんだから！」

頬を膨らませ憤《いきどお》る弓使いに、魔法使いも激《はげ》しく首を振り同意しておる。とはいえ実際一分も立ってられんようじゃからな。それぞれが弓の射撃と魔法を唱えている間に、走ってきたロッツァにドンッと飛ばされて終わり。ロッツァの突進を受け止める壁役《かべやく》か、避けるだけの素早さが二人にあれば、また違った結果になるかもしれんが……当面は無理じゃろな。

店内で料理を選んどる騎士は、壁役をするには心許ない。かといって女拳士の立ち回り方は、一方的に手数で圧倒するか、最小限の動きで相手の攻撃を避けてからの鋭い反撃のようじゃから、この四人でかかっても変わらんか。

案の定《じょう》、一分とかからず弓使いと魔法使いは気を失っておった。ただ今日は儂が回復させたあと、ロッツァと一緒に狩りに出かけた。おこぼれに与《あずか》ろうなどと考えとるのではなく、純粋《じゅんすい》に海の魔物の狩り方をロッツァから学びたいんじゃと。全員に《結界《バリア》》、《堅牢《スタウト》》、《強健《ハーディ》》、《加速《クイック》》をかけて送り出したから問題はないじゃろ。

ロッツァたちを送り出したあとも惣菜店は混雑《こんざつ》しとった。初心者講習の受講生や、噂を聞きつけた冒険者、それに近所のお子様連れの主婦や漁師たち常連組などで、店の中も外もごった返す。

「人が集まるかもしれんと思ってはいても、たまり場を作るつもりはなかったんじゃがな……」

目を細めてひとりごちる儂の呟きは、皆の笑い声と歓声に上書きされ、誰の耳にも届いていないようじゃった。

《 44　浜辺での講習会 》

本日の講習会は冒険者ギルドの訓練場ではなく、浜辺で開催されることになった。最近常連客になりつつあるBランク冒険者たちが一緒にやってくれるんじゃと。パーティでの立ち回りを教わるにはいい機会じゃろ。

「ざっくり前衛職と後衛職の役割は理解したな？」

「「「はい！」」」

「では実戦形式でやってみましょう」

騎士の問いかけに元気よく答える若い参加者たちの目は、きらきら輝いておるのぅ。そのやる気が空回《からまわ》りになるかもしれんから、すぐさま拳士が実戦に連れていくんじゃな。

「昼は儂が用意するから、しっかり訓練してくるんじゃぞ」

笑顔で送り出すと、今日一番の歓声があがりよった。食事の大切さが身に染みてきたようじゃ。茶の一服、食事、酒……なんでもいいからひと仕事終えてからの楽しみを覚えれば、辛い訓練にも身が入るじゃろ。御大層な理由なんていらん。長い目標と目先の目標のどちらも大事なんじゃからな。

「ロッツァ、魚捕まえに行こうよ。ダンジョン近くに大きいのいたよね？」

「いたな。魔物もいたが……あまり美味くない奴らだった」

浜辺で訓練に勤《いそ》しむ冒険者たちを見ながらもどこ吹く風のルーチェが、ロッツァと相談しておった。

「じゃぁ、行こー。クリムとルージュはどうする？」

クリムとルージュにルーチェが問いかけても、庭先で一服しとる儂の足元にうずくまったまま軽く首を横に振るだけ。

「じいじと一緒にいるんだね。それじゃロッツァと二人で行ってきまーす」

「行ってくる。昼までには戻るつもりだ」

「気を付けるんじゃぞ」

ルーチェを背に乗せたロッツァは海へ入り、そのまま沖に進んでいった。ロッツァは何もせんと分かっていても、思わず身構える冒険者たちがおかしかったのぅ。巨体に恐れをなすのは本能的なもんで仕方ないじゃろ。

「……さて、昼は何がいいかのぅ。魚と肉を用意するとして……野菜主体の料理は煮物と少しこ洒落《じゃれ》たラタトゥイユあたりがいいじゃろか。あれは簡単じゃからな」

肉と魚を仕込み、野菜を刻んでいる最中に、ティカがルカに付き添われて姿を見せる。

「おじちゃん、おはようございます。クリムとルージュに会いに来ちゃった。あれ？　ルーチェちゃんは？」

「ルーチェはロッツァと一緒に魚を獲りにいったぞ」

「そっか、残念。でもクリムたちとは遊ぶよ。いい？」

少しだけしゅんとするが、ぱっと表情を変えるティカに儂は頷き、笑みを見せる。儂が頷くより先に、クリムとルージュはティカのほうへと歩いていた。

「儂は仕込みの真《ま》っ只中《ただなか》じゃから、ルカとメイドさんは茶でも飲んでゆっくりしててくれるか？」

テーブルにカップとティーポットを並べるが、ルカは首を横に振っておる。少し離れて立つメイドさんは、驚いた表情をしていた。自分の存在に気付かれていると思ってなかったんじゃろか？　視界に入っとるし、儂には《索敵《レコナ》》もあるから分かるぞ。

「ん？　何かしたいのか？　まぁ用意だけしとくから好きにするといい」

二人を残して儂が調理場へ戻ると、ルカも後を追いかけてきた。同じくメイドさんも一緒になってついてきよる。

「料理を見たいのか？」

儂が問うと、二人は息を合わせたかのように同じタイミングでこくりと頷いた。

「そこにいるなら、見てるだけなのも何じゃな……一緒にやるか？」

またこくりと頷く二人。今回もズレとらん。

「肉と魚の仕込みは終わったから、野菜料理をやろうかの。まぁ切って、煮るだけなんじゃが」

それだけなのに興味を引かれたのか、ルカは儂から包丁を受け取り野菜を切っていく。慣れた手つきで皮を剥き、大きさを揃えて切るあたり、普段からやってるように見えるな。

「貴族でも台所に立つんじゃな」

儂の疑問にルカはこくりと頷く。話せないルカを見ていた儂に、メイドさんが初めて口を開いた。

「当家の使用人は私を含めて三人おります。私共で支度をするのでおやめくださいと何度もお伝えしているのですが……奥様は私たちの分まで食事を用意してくださります」

メイドさんは若干困ったような表情を浮かべとる。その横でルカはふるふると首を横に振っておる。サンバニの話だと庶民の出らしいからのぅ。やれることを自分でやるのはルカには当然なんじゃろ。

「本人がやりたいからやってるんじゃ。そこは諦めるしかないじゃろ。それに母親の料理で育つのは、庶民には当たり前のことじゃからな」

ルカは儂の言葉にこくりと頷く。サンバニも貴族とは思えんくらいに低姿勢じゃし……ティカの教育方針にもなっとるんじゃろ。ふんぞり返って、庶民を顧《かえり》みない貴族にならんよう、注意しとるんじゃないかのぅ。

「とりあえず今は二人とも儂の生徒なんじゃ、難しいことは放っておこう」

二人に向けてにこりと笑うと、同じような笑顔で返された。

そのまま儂らは調理再開。トマト、パプリカ、ネギ、ダイコンなどを適当に切って塩とハーブで煮る。野菜から水が出るから、これだけでラタトゥイユになるんじゃよ。も少し違う作り方もあるかもしれんが、婆さんに教わったやり方はこれでな。ピーマンが入ったのも割と好きなんじゃが……煮込み過ぎると苦みが増すし、苦手な者もおるかもしれんから今日は入れとらん。

あとは野菜のマリネも作ってみた。パプリカの表面を真っ黒になるまで炙り、焦げを取り除いてから、マリネ液に漬け込む。タマネギも同じように茶色い皮ごと焼いてから、中身だけを漬ける。さっと下茹でしたニンジンやダイコンも同じじゃ。半日も寝かせば食べられるでのぅ。

真っ黒になるまで焼いてから皮を剥くのを初めて見たようで、二人とも目が点になっとったな。まぁ儂も初めて見た時は同じような反応をしたからの。トマトと違って湯剥きができんから、あぁするんじゃろ。

そろそろ昼かという頃に肉と魚を焼き始めると、ルーチェたちがまず帰ってきた。そのまま庭先でティカと一緒に遊ぶルーチェを置いて、ロッツァは土産の魚を儂へ届けてくれる。どれも美味そうな大型の魚じゃった。二人の希望通り、夜に刺身と炙りにしてやろう。

肉と魚の焼き上がりに合わせて、訓練していた冒険者たちが皆で帰ってくる。誰も彼もが砂まみれだったので、全員に《清浄《クリーン》》をかけてから昼ごはんとなった。生活魔法といえども、この人数に連続してかけていった儂を皆が目を丸くして見ておった。

皆、腹いっぱいになるまで昼ごはんを平らげたあとは、しばしの休憩《きゅうけい》になった。腹ごなしの休憩も大事なんじゃよ。すぐ動いて中身をぶちまけるようなことになったら勿体ないからのぅ。

ルカたちも儂らと一緒に昼を済ませてから帰っていった。帰り際《ぎわ》、『主人からです』とメモの添えられた手紙を渡された。目の前で開けて中身を確認すると、紹介状のようじゃった。

そこでサンバニの家名も判明した。オーサロンド……王家の親族らしい。

メイドさんが教えてくれたんじゃが、百番台とかなり下の順位ながら、王位継承権《けいしょうけん》もあるんじゃと。とはいえ庶民と結婚しても問題ないくらいの家格なので、サンバニとルカの結婚が認められたそうな。

ティカも政略《せいりゃく》結婚する必要はないみたいなので良かったわい。本人の望まない結婚ほど悲しいものはないからのぅ。

書面には『中央へ行くなら伯父《おじ》を頼ってください』とあった。その伯父というのが爵位《しゃくい》持ちなのに変わり者で、自分と似たような質《たち》なんじゃと。それできっと儂を気に入るからと思って紹介状を用意してくれたみたいじゃ。

変わり者に好かれる……儂は普通のつもりなんじゃがな……

《 45　講習会の副産物 》

儂の講習会の思わぬ効果が表れたのは、惣菜店を開けていた時じゃった。

そもそも売り上げが良くなるのも想像とは違った作用なんじゃが、それ以上のものが『料理のできる冒険者を求めるパーティが増えたこと』なんじゃよ。食べることが大事と教えてきたが、こんなことになるとはのぅ。

何度か開いた料理教室も、冒険者ばかり参加する回があったくらいじゃ。その時は山菜、野草と近場で狩れる魔物の肉を主にした料理を教えた。見慣れたもので食べたこともあるなら受け入れやすいと思ってな。キノコは毒持ちも多いからやめといた。まぁ、野草にも危険なのはあるから、《鑑定》《エヴァルア》が使えると一番なんじゃが……ないものは仕方ないからのぅ。

日帰りでこなせる依頼ばかりではないはずなのに、冒険者には料理なんて必要ないスキルと思われていたみたいじゃ。結構大事なスキルだと思ってくれる冒険者が増えてきたからこその特需《とくじゅ》かもしれん。儂の立つ厨房を熱い視線で覗く冒険者が増えたのは、そんな理由からなんじゃろ。だからか、今日もアサオ惣菜店は大繁盛《だいはんじょう》しとる。

一応、冒険者料理人向けに、山菜、野草、魔物の肉を見本として一緒に置いたのも功を奏しとるんじゃろな。肉を腐らせたくない一心で小さめの《氷壁》《アイスウォール》を出したことに、魔法使いが驚いてたがの。攻撃ばかりが魔法の使い道じゃないと儂は思うぞ。

店を閉めてから、商業ギルドと冒険者ギルドへ挨拶に向かう。そろそろ次の街へ行こうと思ってな。サンバニに紹介状ももらったんじゃ、行ってやらんとダメじゃろ？　それで、借家の次回更新をしないことと料理教室の終わりを商業ギルドに、盗品返却と冒険者講習会の打ち切りを冒険者ギルドへ伝える為に出向いたんじゃ。

どちらも残念に思ってくれたみたいじゃが、旅の自由を制限する権利はどちらのギルドにもないからの。ウコキナとクルーズに最後の取引を頼まれたから、それで終いじゃな。

素直に受け入れてくれた商業ギルドと、平身低頭《へいしんていとう》で引き止めようと試《こころ》みる冒険者ギルドとの差が面白かったのぅ。

ギルドから家へ戻り、旅に出ることをルーチェに話せば、

「じゃぁ、明日は買い出しだね」

とひと言で済まされる。旅慣れた五歳児になったもんじゃな。

「アサオ殿の言う『中央』がどこにあるか分からん。ただ美味い魚を獲っておくに越したことはないだろう。明日は我の魚獲りだ」

ロッツァもノリノリでやる気を見せてきよる。クリムとルージュも同じようで、儂の足元でふんふんと鼻を鳴らしておった。

「それじゃ、明日からいろいろしようかの。中央の情報も仕入れないといかんからな」

「それで、じいじ。中央ってなんて名前の街なの？」

「……聞いとらんな。ジルクたちも中央って呼んどったし、サンバニの紹介状にも中央と書いてあったのぅ。それも明日聞かんとな」

市場や港で買い物がてらの情報収集をすると、中央の街の名前が判明した。カタシオラと言うらしい。王都シトリネマットとは別に、物と人の流通拠点となっとるんじゃと。

ここレーカスからは、ひと月かかる船旅か、山を二つ越えて数ヶ月かかる陸路《りくろ》のどちら

かを選ぶしかないそうじゃ。船旅のほうは、客船などはなく、商船に乗せてもらうことになるので、自由行動は皆無《かいむ》なんじゃと。一応金を払って乗る客とはいえ、荷物と変わらん扱いをされると、真顔で忠告された。週に一度くらいの頻度で港に寄りつつ荷の積み下ろしを繰り返して、カタシオラに到着となる。比較的安全な航路《こうろ》を選ぶとはいえ海なので魔物も出るが、経験豊富な船乗りと冒険者を雇っとる商船じゃから、年に一隻くらいしか沈まんそうじゃ。

かたや陸路となると、今見えている街の北側の山を越えて、だだっ広い平野、荒地《あれち》などをひたすら馬車で進む。嫌になるくらい進んだらまた見えてくる山を越えて、やっと到着らしい。迂回《うかい》しようにも見える山どれもが峻険《しゅんけん》で変わらないんじゃと。谷を川沿いに進む道もあったんじゃが、大型の魔物の巣になってしまってからは使えないらしい。話してくれた店主はどうも陸路を経験したらしく、妙に実感がこもってたわい。

「山だね。好きにできない船での旅なんてしたくない」

「ロッツァを泳がせて儂らは《浮遊《フロート》》で浮かべた幌《ほろ》馬車の中でのんびりというのも気が引けるしのぅ」

市場で聞いた諸々《もろもろ》の話から、ルーチェは陸路を選びよった。

「ロッツァなら『気にするな』って言うだろうけどね。海の上じゃ動きにくいし、山行こうよ」

「とりあえず皆で選べばいいじゃろ。それにだだっ広いと言うくらいの平野なんじゃ、不便かもしれんが村くらいはあるじゃろ」

家へ帰ってロッツァ、クリム、ルージュに説明するが、皆陸路一択じゃった。

「陸路で決定♪」

「出発日まであと三日。それまではレーカスを存分に楽しまんとな」

儂が優しく語り掛けると、皆笑顔で頷いておった。

《46　山から来た魔物》

昨日頼まれたコーヒー、紅茶、緑茶を商業ギルドへ納めに行くと、すぐさま代金が出され、取引は即終了しよった。

「これでしばらくは在庫が持ちそうです。ありがとうございました」

「儂も懐《ふところ》が温かくなるからいいんじゃよ」

丁寧に頭を下げるウコキナとクルーズの二人を手で制して、頭を上げさせる。

「しかしアサオさんにはお世話になりっぱなしですね。イレカン方式で不毛《ふもう》な縄張り争いも解消できましたし、大助かりです」

「それは儂の功績《こうせき》じゃないのぅ。お前さんたちのやり方が上手かったんじゃろ」

儂は緑茶を啜《すす》りながらウコキナに笑顔を向ける。

「仕入れ担当の私もそこそこ忙しいですが、ジャレットなんてアサオさんの作る料理に悲鳴をあげてましたよ。『今までにない忙しさです』って満面の笑みを見せながら」

「……なんとも気色悪《きしょくわる》い情景じゃな」

レーカスにとっては目新しい儂が教えた料理の数々で、目が回る忙しさになってしまったのか。しかし喜色満面《きしょくまんめん》の長身痩躯《そうく》の男はあんまり見たくないのぅ。

「ジャレットさんは少しだけ痩《や》せましたね。でも血色はいいんです……アサオさんの料理のおかげでしょうか？」

今までにこやかだったウコキナの目の色が、『痩せる』という言葉を口にしてから若干変わったんじゃが……美に対する執着《しゅうちゃく》は女性の性《さが》なのか……あまり深入りせんでおこう。

「野菜を多く食べられる味付けの料理が多いからのぅ。肉や魚も沢山食べたんじゃそうは痩せられんが、そのあたりが上手いこと噛み合った結果がジャレットなのかもしれん。やつれてないなら問題はあるまい」

「そうですね。今後もジャレットさんを観察しましょう」

ウコキナの実験台じゃな、ジャレット。頑張れ。儂には応援しかできん。

そろそろお暇《いとま》しようかと腰を浮かせたところで、執務室の扉が慌ただしく開け放たれた。

「何事ですか！　来客中ですよ！」

「マスター！　冒険者ギルドからの緊急要請《きんきゅうようせい》です！」

即座に反応したウコキナが激しく叱責《しっせき》するも、入ってきた青年は謝罪の前に口を開く。

「アサオ様、申し訳ありません。急を要す案件ですので」

「構わんよ。取引は終わっておるからな」

「それでどうしたのです？　あちらからの緊急要請などただ事ではありませんよ」

青年の謝罪と儂の言葉を聞く間に冷静さを取り戻したウコキナが促す。

「魔物の集団が街の北側に現れました！　見える範囲で数は百を超えているそうです！　商業ギルドは住民の避難《ひなん》と回復薬の提供を頼むとのことです」

「分かりました。すぐ動きます。そう伝えてください。クルーズさんは――」

「各担当者に連絡します。物資支援《しえん》班と避難誘導班に分けておきます」

「あと炊き出し班も作ったほうがいいぞ。長期戦になるかもしれんからな。救護班《きゅうごはん》はあっちが作るじゃろうが、こと食事ならこっちの得意分野じゃろ」

「ですね。その準備もします」

ウコキナの指示を待たずにクルーズが先手を示す。儂の助言も聞き、飛び込んできた青年と一緒に部屋を出ていきよった。

「では指示がありますので私も行きます。今日はありがとうございました」

「気を付けるんじゃぞ」

「はい。アサオさんもお気を付けて」

　ウコキナに見送られて執務室をあとにすると、数秒と経たずにウコキナが執務室から出た音が後方から聞こえた。

　儂はそのままどこにも立ち寄らず家へ帰る。街中の喧騒などどこ吹く風の、いつもと変わらない皆が庭に揃っており、儂を出迎えてくれた。

「おかえりー。じいじ、なんかあったの？」

　ロッツァの背で横になり、溶けかかっているルーチェが、気の抜けた声で聞いてきよる。

「街の北側に魔物が群《む》れで迫っておるそうじゃ。見える範囲で百を超えとるらしい」

「倒したい放題だね！」

　ルーチェはがばっと飛び起き、むふーっと荒い鼻息を吐き出す。

「我も倒そう。すぐに行くのか？」

　海に頭を向けていたロッツァも振り返る。海を見ることになったルーチェは甲羅の上で反転し、すぐに儂へ向き直った。

「冒険者たちが対応するから、儂らの出番は――」

　言いかけたところで、何かが儂の両足をがしっと掴む。見れば右足にルージュ、左足にクリムが、正面からしがみついておった。

「ないんじゃが……お前さんたちも倒したいのか？」

　こくこくと頷く二匹。その後ろで他の二名も首を大きく縦に振っていた。

「こちらにいましたか。無理を承知《しょうち》での依頼となりますが、アサオさん、後方支援をお願いできませんか？」

そんな声に振り返ると、冒険者ギルドの女性職員が玄関付近に立ち、頭を下げておった。

「儂は冒険者じゃないぞ」

「分かっています。なので『お願い』になります。商人とはいえ、講師を務《つと》めるほどの実力者です。どうかこの街の危機にお力添《ぞ》えを」

職員は頭を上げ、儂を真っ直ぐ見つめて力強く言い放ち、再び頭を下げる。

「じいじ、行こうよ。私たちでやればすぐ終わるんじゃない？」

ロッツァの背から降りたルーチェに袖を引かれるが、儂の心配は違うところなんじゃよ。

「儂らがいなかったら全滅《ぜんめつ》するのか？　そうならんように教えてきたんじゃがな……」

「とはいえ見殺しにはできまい？　とりあえずは行ってから考えようではないか、アサオ殿」

ロッツァは痛いところを突いてきよるな。

「……支度して向かう。北門でいいんじゃな？」

「はい！　よろしくお願いします」

儂の言葉を聞いた職員は踵《きびす》を返し、一目散に駆け出していた。

「じいじ、どしたの？　普段となんか違うけど……」

「多分思った通りの事態になると思ってな。気が進まんのは事実じゃが、人死《ひとじ》にが出ては夢見が悪いしのぅ。支度したらさっさと行こうか」

「支度？　このまま行けばいいんじゃないの？」

疑問に思ったのかルーチェが顔を覗き込んで聞いてくる。

「そのまま街を出ることになると思うんじゃよ。まぁ、ほとんどの物は【無限収納《インベントリ》】に入れてあるから、出してあった食器やコンロを仕舞うくらいなんじゃがな」

儂は笑顔でルーチェの頭を撫でる。

「我もアサオ殿の見通しに違いはないと思うぞ」

ロッツァの言葉を聞いても年少組はぴんと来ていないのか、首を傾げるだけじゃった。

《 47 防衛戦 》

荷物をまとめて向かった先の北門付近は、冒険者たちでごった返しておった。新人も中《ちゅう》堅《けん》も、ベテランも関係なく出番を待っとる。全員で前線に立つのではなく、長期戦を見越して交代制にしているみたいじゃな。無難な采配《さいはい》じゃ。指揮官が愚者《ぐしゃ》でないのは救いじゃのう。

「アサオさん、どうしたんですか？」

炊き出しの準備をしていたジャレットが目ざとく儂を見つけたようじゃ。

「冒険者ギルドに呼ばれてのう。後方支援の為にきたんじゃよ」

「商人にまで参加要請するなんて……」

開いた口が塞がらないといった様子で、ジャレットは頭《かぶり》を振っていた。

「交代だ！　次班前へ！」

冒険者ギルドの職員と思《おぼ》しき男が声を張り上げると、準備万端の冒険者たちが北門を出ていく。少しだけ時間を置いて、傷を負《お》った冒険者たちが入ってきた。

「救護班はどこだ⁉　急いで手当を頼む！」

細かな傷を負った者は薬と当て布などで手当てされ、重度の怪我をした者は魔法で治される。手の施しようのない者も二人ほどいた。

「私には無理です……ごめんなさい」

「《快癒《ヒールオール》》」

治癒担当の魔法使いが匙《さじ》を投げた冒険者に近付きすらせず、儂は魔法で治療する。

「こ、これは！」

連れてきた冒険者が声をあげる前に、儂の治療は終わる。驚いて視線が集中しとる間に、もう一人の治療も終えた。

「今のはアサオさんが？」

背後から近付いてきたウコキナが聞いてくる。

「そうじゃ。見える範囲で死人は出したくないからのぅ」

「高位回復魔法を使える者は、王都の神官でも数少ないですよ。しかも無詠唱でなんて」

「少しばかり魔法が得意でな。まぁ講習会を受けた者は知っとるから秘密でもなんでもないんじゃが……あまり言いふらさんでくれよ」

儂は苦笑いを浮かべながらウコキナを振り返った。

「これが終わったら儂らは街を出るからな。多分よろしくない事態になると思うからの」

「よろしくない事態……ですか？」

「まぁ見とれ」

ウコキナには予想がつかないらしく、珍しくきょとん顔を見せておる。

「死ななければ治る……傷なら治るぞ！　これなら戦える！」

瀕死《ひんし》の重体だったのがあっという間に治った冒険者を見ていた者たちが騒ぎ出しよった。あぁ、予想通り最悪の展開じゃな。

「これですか……アサオさんの言っていた事態って」

「そうじゃ。怪我を恐れない馬鹿者どもの出来上がりじゃな。この状況で儂がいなくなったら、どうなると思う？」

「……冒険者壊滅ですね」

神妙な面持ちでウコキナは声を絞り出す。

「魔物の襲撃《しゅうげき》が今回だけで終わり、今後はないと言い切れるか？」

「……言えません」

「なんとか退けたあと、すぐに襲われても街を守り切れると思うか？」

「回復薬だけでは間に合わないので、無理です」

ウコキナは若干色を失った表情で答えよった。

「まさか他の門の防備は――」

「警備隊が全員出動。指揮はサンバニ様が執《と》られてます」

北門に総動員する悪手《あくしゅ》を打ってはいないようじゃ。陽動《ようどう》かもしれないと想像を巡らせる余裕がある者がいてくれて助かったわい。しかし、サンバニ『様』なんじゃな。自虐をしとっても、そこはやはり貴族か。いや、サンバニの人間性も関係しとるんじゃろな。市井《しせい》に近い立ち振舞いが役立っとるのかもしれん。

その後、何度も入れ替わる冒険者たちを儂は回復させる。死なれたら困るので《結界《バリア》》を施すと、いよいよ怪我を恐れない馬鹿どもは悪化の一途《いっと》を辿りよった。

「これがじいじとロッツァが考えていたことなんだね」

「うむ。死の恐怖、怪我の心配に打ち克《か》つ心は必要だが、これは違うな。蛮勇《ばんゆう》に過ぎん」

「ロッツァの言う通りじゃ。しかもその実、儂の魔法に頼り切ってるときたらダメじゃろ？」

「怪我しないように、死なないようにって教えたのにね。皆、何も考えないで戦ってるよ」

ルーチェは残念そうな顔で前線を眺めとる。ただその中でも儂らの講習を受けた者は、教わったことを忠実《ちゅうじつ》にこなしておった。

「できとるのは十数人ってところじゃな。まぁこれ以上時間をかけても無駄じゃろ。終わりにして街を出よう」

「はーい。じゃあ行こうか」

「うむ」

元気よく手を上げるルーチェに、ロッツァ、クリム、ルージュが頷く。

「アサオさん！　私を置いてどちらに行かれますの？」

北門へ歩き出した矢先、ロザリィに見つかってしまった。

「儂らは旅に出るんじゃよ。ロザリィは母上と共に元気に暮らすんじゃぞ？　また立ち寄った時は挨拶くらいするからな」

「そんな！　私はアサオさんの奥さんに――」

「な・れ・な・い！」

「貴女には言ってませんわ」

相変わらず仲の悪いロザリィとルーチェのやり取りも今日で見納めじゃ。

「行き掛けの駄賃にあの魔物たちは何とかしていくから、街の立て直しを頼んだぞ」

「え？　あ、はい」

しっかり聞いてないようじゃが、ロザリィは返事をしてくれた。

「じゃあなウコキナ、お前さんもしっかりな。また会うこともあるじゃろ」

呆気にとられたまま、返事もままならないウコキナに見送られ、儂らは皆揃って北門をくぐる。

「あ、おい！　爺さん！　戻れ！　勝手なことをするな！」

声を荒《あら》らげる職員を無視して、最前線で魔物を退治する冒険者の前に《岩壁《ストーンウォール》》を林立させる。魔物との間に背丈《せたけ》の倍以上ある岩壁が綺麗に現れ、冒険者たちの視界を塞ぐ。

「今のうちに下がってくれんか？」

訳も分からず立ち尽くす冒険者たちに声をかけても、反応はなし。仕方ないのぅ。

北門の正面だけをわざと開けるように《岩壁《ストーンウォール》》を消せば、魔物が我先にと押し寄せてきよった。儂が放つ《圧縮《コンプレス》》と《加速《クイック》》付きの《石弾《ストーンバレット》》が、その魔物たちに無数の穴を開ける。

「《氷針《アイスニードル》》」

林立させた《岩壁《ストーンウォール》》の魔物側だけに、無数のスパイクを生《は》やす。

「これで終いじゃ」

ダンジョンで試した壁倒しの要領で、魔物を《岩壁《ストーンウォール》》で下敷きにする。これで大量の魔物が命の火を消しよった。なんとか生き延びた魔物は、大型が四匹と中型が十匹ほどしかおらんかった。

「いっくよー。ロッツァごー！」

ルーチェが《結界《バリア》》付きのロッツァを、助走付きのドロップキックで蹴り飛ばす。それによって、半数以上の中型魔物が宙を舞っておった。運良く通り道にいなかった残り数匹の中型は、ロッツァの背から飛び降りたクリムとルージュに切り裂かれておる。

ロッツァを蹴り出したルーチェは、オーガと思《おぼ》しき魔物へ一直線に駆け出し、真正面からその腹に右拳を突き入れた。

「まず一匹」

ルーチェは突き入れた右腕を持ち上げ、隣の魔物に投げ捨てる。避けることもままならず下敷きになり、身動きがとれない狼が顔を上げると、ルーチェは渾身《こんしん》のフットスタンプで踏み抜きよった。

「二匹終わりー」

ルーチェの背後を取ろうと詰め寄る三匹目は、ロッツァに体当たりからの噛みつきをくらって絶命《ぜつめい》する。

「ルーチェ殿、背中が疎《おろそ》かだぞ」

カエルのような魔物を吐き捨て、ルーチェに注意するロッツァ。

「ロッツァが走ってくるの見えたから、大丈夫だと思ってさ。今度は気を付けるよ」

大型三匹を含めてあっという間に味方がいなくなった最後の一匹は、慌てて山を振り返る。

「どこへ行くんじゃ？　帰るなら仲間に伝えてくれんか？　『もう手出しはするな』と」

振り返った魔物の先にじっと立つ儂は、笑顔で語り掛ける。ひと際角《つの》の大きなオーガは、
・・・
何故か目の前におる儂から距離を取り、そそくさと山へ逃げていった。

「終わりじゃな。さて、行くかの」

「じいじ、足速いね。あ、魔物はどうするの？」

「《鑑定《エヴァルア》》で見たが、どれも不味そうじゃ。素材として街の復興《ふっこう》にでも使ってもらえばいいじゃろ」

「はーい。じゃぁ行こう」

「うむ。その前に綺麗にしよう」

儂以外は皆返り血を浴び、赤黒くなっていた。全員に《清浄《クリーン》》をかけ終え、皆で山に向かって歩き出す。

「今日の晩ごはんは何にするの？」

「そうじゃな……せっかく山に入ったんじゃ、山菜を見つけて山菜うどんなんてどうじゃろ?」

「いいな。我は賛成だ」

「山菜うどんか。山菜を見つけなくちゃ始まらないね」

首を縦に振るクリムを尻目に、ルージュは既に見つけた山菜を咥えておった。

「おぉ、美味そうなの見つけたな。その調子で頼むぞ」

頭を撫でられ目を細めるルージュを、羨ましそうにルーチェとクリムが見ておる。

それから、競い合って晩ごはんでは食べきれないほどの山菜を取った年少組を、儂は優しく撫でてやる。山盛り山菜うどんを数杯平らげて夕飯を終えると、皆で横になった。満足そうに、嬉しそうに眠るルーチェ、クリム、ルージュを優しく撫でながら、儂も眠りに落ちたのじゃった。

《 48 山狩り 》

昨日、ウコキナにあぁは言ったものの、このまま捨て置くのは悪手じゃからな。マーキングしておいた最後の一匹の大角を追いかけようと思うんじゃよ。素直にもう手を出してこんなら、放置してもいいんじゃが……どうじゃろな。

「じいじ、これどこ向かってるの?」

「昨日見逃した魔物を追いかけてるんじゃよ。釘を刺しておこうと思ってな」

「アサオ殿が尻拭《しりぬぐ》いすることでもないだろうに」

ロッツァは若干の呆れ顔を見せる。見殺しにするのはどうとか言っておった癖《くせ》にのぅ。

まぁ儂も気まぐれにやるだけじゃから、ヒトのことは言えんか。

「仲間がいるのかと思ったが、《索敵《レコナ》》を見る限り、一匹でずっといるのぅ」

「皆で攻《せ》めてきたのかな？　でもいろんな魔物がいたから変だよね」

「そうだな。他の種族と一緒に攻めるなど普通はありえん。誰かにそそのかされたのか、それとも攻めざるを得ない状況になっていたのか……」

首を捻るロッツァの背で、クリムたちがその真似をしとる。

「ん？　反応が三つ増えたぞ。やはり残りがいたのかもしれん」

藪《やぶ》を抜けた先には、大角と対峙する赤黒いローブを被った者が三体いた。何かを訴えるようにしとる大角と違い、ローブ姿の三体は口元すら見えん。

うち一体が、おもむろに右腕を上げる。

「ありゃいかん、《結界《バリア》》」

思わず魔法をかけると、真っ黒い槍《やり》が《結界《バリア》》に止められて大角の目の前に浮いていた。

仕留《しと》められなかったことを確認すると、何本もの槍が更に大角へ迫る。が、そのどれもが《結界《バリア》》に阻《はば》まれておった。

「仲間割れは感心せんのぅ」

「利用していただけなのかもしれんな」

ロッツァも腹立たしいんじゃな。明らかにイラついた感じがするわい。

「焚《た》きつけて、失敗したら切り捨てる。組織としては間違っとらんが……気分が悪いぞ」

儂の声が聞こえたからか、大角に対峙している一体以外が儂らを振り向く。

「《結界《バリア》》、《虚弱《フィーブル》》、《喪失《ロスト》》」

大角の前の一体の右腕が持ち上がるのと同じくして、儂は魔法をかける。

あの槍が貫通できなかった《結界《バリア》》だけでも十分かと思ったんじゃが、念の為、弱体化もさせておく。

「《加速《クイック》》、《堅牢《スタウト》》、《強健《ハーディ》》、《結界《バリア》》」

ルーチェ、クリム、ルージュに魔法をかけると、儂らを見とる二体の方へ飛び出していった。

「じいじに何すんだ！」

飛び膝蹴《ひざげ》りを顔めがけて繰り出すルーチェ。クリムとルージュはすれ違いざまに切り裂こうと腕を振るう。ローブ姿の二体はすんでのところで避けると、大角に対峙していた一体と共に宙へ浮いた。

「何故」

「我らの」

くぐもった声が聞こえる。

「邪魔をする」

「似たような声をしとるのに、別々に話さんでもよかろう」

「蹴りとばせなかった」

ルーチェは残念そうに儂の隣へ戻ってきた。一緒に帰ってきたクリム、ルージュもしょぼんとしとる。

「こ奴らが黒幕で決まりだな。何が目的なのだ？」

退路《たいろ》を遮ろうと奴らの後方へ回っていたロッツァも戻ってくる。空に逃げられたら地面を塞いでいても意味がないからのぅ。

「「「……退《ひ》く」」」

空に浮いたまま、三体の姿が黒い霧《きり》に包まれ消えていく。あれも転移系の魔法かもしれんな。

儂のかけた《結界《バリア》》に囲まれて身動きが取れない大角を振り返ると、目が合った瞬間にびくりと身を震わせよった。

「話せんじゃろうから理由は聞けんが……奴らに何か言われたんじゃな？」

儂の聞きたいことは理解できたようで、大角は首を縦に一度だけ振る。

「山に食べ物が豊富にあるだろうに、人に喧嘩を売れば全滅するか、させるかしか道はないぞ」

ロッツァの言葉に大角は目を見開いておった。

「そのかされたか、追い出されたんじゃない？」

大角は再び頷き、ルーチェの問いを肯定する。

「あのローブたち、ロッツァは見たことある奴らだったか？」

「いや、我も初めて見た。それなりの手練《てだ》れに見えたが……気配はヒトではなかったな」

「魔族かな？　とりあえずヒト型っぽかったけど……」

ルーチェが首を傾げると、両隣に座るクリムとルージュも同じ仕草を真似しよる。

「ロッツァが分からなければお手上げじゃな。また出くわすこともあるかもしれん。注意だけは怠らんようにしとくか」

「それが良かろう」

「とりあえずお前さんは街に近付かんようにな。狩られんように奥へと引っ込むのがおすすめじゃぞ」

大角が激しく首を縦に振る。こちらの言いたいことは伝わったからいいじゃろ。最低限の目標は完了じゃ。

「さて、儂らはこのまま行こうかの。適当に進んで、どこかで野営じゃな」

「私、今日は魚食べたい」

ルーチェの要望に、こくこくとルージュたちも賛同しとるな。

「もう会うこともないじゃろうが、達者でな。他所様に喧嘩売る時はいろいろ考えんといかんぞ」

儂は【無限収納《インベントリ》】から取り出した干し肉を一袋、大角に投げ渡し、山の奥へ歩いていった。

《 49 山ならではの 》

大角と別れてから二日が過ぎた。滞《とどこお》りなく旅を続けておるが、面白みがないんじゃよ。右を向いても山。左を向いても山。良い景色なんじゃが、どんなに綺麗でも同じ景色じゃ飽きが来るじゃろ？　目新しい山菜や野草を採るくらいしかやることがなくてのぅ。

「街道のように何かがあるわけでもないから、景色が変わらんな。ずっと生《お》い茂《しげ》る樹木ばかりじゃ」

「盗賊もいないし、ゴブリンもいない……戦えない……」

儂の呟きに、ルーチェが元気なく反応する。

「こう足元が悪いと走り難《にく》くてかなわん。ただ馬車を曳《ひ》くだけで我も飽きた」

ゆっくり進むロッツァも愚痴《ぐち》をこぼす。《浮遊《フロート》》ごしの揺れが心地《ここち》好いのか、クリムとルージュは馬車の中でぐっすりじゃ。

「水辺が見えんから魚は無理じゃが、鳥くらいは狩りたいのう。【無限収納《インベントリ》】から出すだけだと旅に思えん」

「私も狩りたい！　歩くだけはもう飽きたよ」

「動いた後の食事はいいな。ことさら美味く感じる」

しかし、見える範囲に魔物の反応はないのう。《索敵《レコナ》》では鳥だけを探すことはできんからな……

「じいじ、なんかい……」

儂を見ながら話すルーチェの動きが止まったので、思わず振り返ると、二足歩行する馬鹿でかい鳥がいた。これまた大きな卵を、器用に両翼で挟みながら歩いておる。

「――たのぅ」

「あれは鳥なのか？」

ただ歩いていただけなので、皆見落としたのかもしれん。《索敵《レコナ》》に頼りきりで、視認を疎かにしてたのも影響したんじゃな。こりゃ反省じゃ。

「鳥が卵を運んでるよ。あれ食べたくて盗《ぬす》んだのかな？」

「買ったとは思えんから、くすねてきたんじゃろ。あの卵も初めて見るのぅ。ロッツァの知っとる卵だったりせんか？」

「いや、知らぬ。あの鳥も卵も初めて見たぞ」

ルーチェとロッツァは目を輝かせ、鳥を射抜《いぬ》かんばかりに見つめとる。

《索敵《レコナ》》が反応しないところを見ると普通……の鳥なのかもしれん。随分と大きいが」

「食べ応えありそうだね」

既に食材に見えとるようじゃ。瞳が一段と輝きを増しとる。

「悪さをしとらんなら、無理に狩る必要もな――」

鳥を追いかけつつ話していると、何かの叫び声が響き渡る。鳥でも獣でもない何かは樹々をなぎ倒しながら、儂らに近付いて来ておるな。

馬車の後方に生えていた樹々が全て倒されると、声の主がついに姿を現した。

それはロッツァに勝るとも劣《おと》らない大きさの鳥じゃった。短い羽根を振り乱し、目を血走らせ、奇声を上げながら更に迫ってきよる。

「あの卵の親かのぅ。我が子を取り返そうと必死に追いかけてきたんじゃろ」

「別の鳥から卵を奪う鳥……聞いたことがないぞ」

後ろを振り返りながら、二足で走る鳥を追いかけるロッツァ。

「こりゃいかん。儂らを卵泥棒《どろぼう》だと思ってるようじゃ。《索敵《レコナ》》がばっちり赤表示になっとる」

「卵を追いかけてきて、見えるところにいたのが私たちだもんね。ロッツァの身体で泥棒鳥が見えないんでしょ」

「我のせいか？」

「違う違う。道を開ければ前を追うじゃろ」

卵を追いかけられるように道を譲ると、親鳥は儂らを追い越し、卵泥棒を追いかける。

「これで大丈夫……じゃなさそうじゃ」

ひと安心と思ったところで、泥棒鳥が反転し、すれ違いざまに儂らの馬車へ卵を投げ入れて逃げていきよった。

「あぁぁぁぁぁっ！」

ルーチェが非難《ひなん》の声をあげるのと同時に、ロッツァは親鳥と正面からぶち当たる。

「ロッツァ、そのまま押さえててくれ。卵を渡して立ち去れば、きっと落ち着くと思うでな、《泥沼《スワンプ》》」

泥《どろ》に足を取られ、ふらつく親鳥の前に卵を置き、その脇を皆で通り過ぎる。案の定、追ってくることはなく、無事にやり過ごせた。

「あの泥棒はなんなの！　私たちが盗んだんじゃないのに！」

「ずる賢《かしこ》い奴じゃったな」

「今度会ったら絶対〆る！　そして食べる！」

ルーチェはどんなに怒っても、あれを食材として見とるんじゃな。

「珍しい種もいるものだ。さっきまでの飽きが吹き飛んだぞ」

満足げな顔を見せるロッツァにまで噛みつかんばかりの勢いを見せるルーチェは、

「飽きはなくなったけど、腹が立ったよ！」

といきり立っていた。

「こんな中でもまだぐっすりなこの子らは大物じゃな」

いまだぐっすりな子熊二匹を優しく撫でる儂じゃった。

《 50 鳥を狩る 》

卵泥棒の一件から過ぎること数日、未だに儂らは山中にいた。

「どこまで行っても山だね。あの泥棒もいないし」

馬車の中が飽きたのか、ルーチェは遠くを見ようとロッツァの背に立ちながら、一人呟いておる。

「関わりたくない気もするし、締め上げたい気もするのぅ。ただマーキングし忘れたんじゃよ……」

「アサオ殿にしては珍しいな。完全に後手《ごて》に回っているぞ」

周囲を見渡しながらのんびり歩くロッツァが、後ろを歩く儂を振り返る。卵を親鳥に無事返すのが最優先じゃったから、余裕がなかったわい。

「そんなこともあるじゃろ。儂だって万能で完璧《かんぺき》なヒトではないからな」

「じいじはほぼ『ヒト』ではないけどね」

「『まだ人族』だったか？」

面白いことが見つからないからか、儂をからかってきよるな。

「ヒトで間違いないじゃろ？　ほれ、オープン」

ステータス画面を出し、ロッツァに見せる。

「……アサオ殿、『なんとか人族』になっているが？」

ロッツァが目を点にしとる。亀でもそんな表情ができるんじゃな。

「あ、ほんとだ。そろそろヒトじゃなくなるね、じいじ。私と同じ魔族になればいいと思うよ。お揃いだね」

ニカッと、屈託《くったく》ない笑顔になるルーチェ。

「……お揃いになれるな」

この笑顔を見せられて否定はできん。可愛い孫に悲しい思いはさせられんて。

「あぁぁぁぁ！　いた！」

ロッツァが思わずびくりと首を竦《すく》めるほどの声をルーチェが上げる。指さす先を見れば、先日の泥棒鳥が、ルーチェの声に何の反応も示さず悠々《ゆうゆう》と歩いておる。今日はまだ卵をくすねていないようで、何も抱えとらんな。

「こんにゃろ！」

ロッツァの背から飛び降り、一目散に駆け出すと、ルーチェは泥棒鳥の背に蹴りをぶち込んだ。もんどりうって倒れる鳥の頭へ更に雨あられと浴びせとる。

「……出遅れたのぅ」

「そうだな。魔族は怖いな、アサオ殿」

「いや、怖いのはルーチェじゃろ」

ルーチェの一方的な制裁《せいさい》をロッツァと眺めていると、馬車の中からクリムとルージュがひょこっと顔を出す。何かを探すようにきょろきょろ見回すと、いくつもの声が森の中に鳴り響いた。

「アイフー！　狩れ！」

そこら中の茂みから、奇声の主が我先にと飛び出しよった。真っ赤な髪を振り乱し、縄や鉤針《かぎばり》、斧に槍などを各々が携えておる。統制《とうせい》が取れた集団狩りのようで、それぞれの役目をこなし、泥棒鳥を取り囲み抑え込んでいく。

「ルーチェ、戻るんじゃ」

「はーい！」

頭を散々《さんざん》蹴ったので満足したのか、狩りを始めた赤髪たちと入れ替わりにルーチェは儂らの傍へと戻ってくる。

「あの人たちは誰？」

「分からん。狩り慣れた感じじゃから、この辺りに住む部族なのかもしれん」

泥棒鳥は赤髪たちの縄からなんとか逃げ出そうと、もがき暴《あば》れていた。

「《虚弱《フィーブル》》、《暗闇《ダスク》》」

赤髪が縛り付けた最後の一本の縄から泥棒鳥が逃れる寸前に、儂は魔法をかける。赤髪たちは動きの鈍った鳥を再度縄に搦め捕ってそのまま縛り上げ、手に持つ武器で切り、叩きつける。数分やられ続けた鳥はついに動かなくなった。

「狩った！　アイフー！　帰るぞ！」

大きな羽根を髪に飾った赤髪が宣言すると、狩りをしていた赤髪たちは泥棒鳥を皆で抱え上げた。

「じいじ、持ってっちゃうけどいいの？」

「かまわん。彼らの縄張りに入ったのは儂らじゃろうからな」

すると、ルーチェとの会話が聞こえたのか、周囲に指示を出していた一人が儂らを振り返った。

《51　山の一族》

「アイフーをこんな簡単に狩れたことはない。感謝する」

大きな羽根を髪に差した筋骨隆々《きんこつりゅうりゅう》の男が、右の手のひらを見せながら近付いてくる。

「アイフーってあの泥棒？」

ルーチェの問いに男は大きく頷く。

「そうだ。『盗みを働く者』を我々の言葉でアイフーと呼ぶ。今日は祭りだ。主らもどうだ？」

「どうだと言われてものぅ……どこの馬の骨とも分からん、胡乱《うろん》な儂らを迎えて良いのかの？」

「共に狩りをした。それで十分だろう。我ら赤族《あかぞく》の仲間だ」

大きく腕を広げて迎え入れる構えを見せる男。ただ背は儂のほうが高いらしく、若干儂を見上げておる。

「お祭りだって。じいじ、行ってみようよ」

ルーチェは期待の眼差しで儂を見ながら、袖を引っ張る。馬車からはクリムとルージュが覗いとる。

「ふむ。参加してみるのも良さそうじゃな。儂はアサオ・セイタロウ、旅をしとる商人じゃ」

「私はアサオ・ルーチェです。あっちの子はクリムとルージュ」

「我がロッツァだ」

順に挨拶を済ませると男は、

「赤族の戦士、キリノマだ。共に村へ帰ろう」

と名乗り、先を行く赤髪たちのあとを一緒についていった。

緩やかな斜面《しゃめん》をゆっくり降りていき、藪を何度も越えると、周囲を柵で囲まれたこぢんまりとした村へ辿り着く。

「我ら赤族の村だ。さぁ中へ、歓迎しよう」

門を通ると、先ほどの泥棒鳥《アイフー》が村の中央へ運び込まれていた。既に何人かが捌《さば》こうとしているようじゃ。

「あの泥棒、美味しいの？」

「美味いぞ。この辺りでは一番美味い獲物《えもの》だ」

ルーチェの問いに、キリノマは大きく頷く。思わずこぼれた笑みが、いかに美味い肉かを物語っておるな。

「腕、足、胸、背、勿論皮も美味い。骨を煮て汁物にするのもいいな。そのあと骨は武器や防具になる」

「食べたあとも使えるとは面白いのぅ。内臓はどうしとるんじゃ？」

「内臓は美味くないから食わん」

儂の問いに即答したキリノマは、渋い顔をしておる。

「良かったら見せてくれんか？　もしかしたら食べられるかもしれんし」

「構わんぞ。今から捌くからな」

キリノマと一緒に泥棒鳥《アイフー》の解体に立ち会う。手際《てぎわ》よく部位ごとに切り分けられ、どんどん運ばれていく。内臓だけは大きな芭蕉《ばしょう》の葉のようなものに別にして盛られておった。

「《鑑定《エヴァルア》》」

盛られた内臓を見れば『処理を怠らなければ美味』と出よった。

「これ、手の入れ方を間違えなければ美味いものになりそうじゃ。もらってもいいじゃろか？」

「美味くないぞ。アサオは料理できるのか？」

「じいじの料理、美味しいよ」

訝《いぶか》しむキリノマに、ルーチェが素直な意見を述べる。

「客人の作る料理か……気にはなるが」

「儂が勝手に作るだけじゃよ。美味いものになるならめっけもんじゃろ？」

「やた♪　じいじの新しい料理だ」

キリノマから葉ごと渡された山盛りの内臓を、じゃんじゃん処理していく。

まず【無限収納《インベントリ》】から大きな木桶《きおけ》を出し、《浄水《ウォータ》》で水を張る。砕いた《氷針《アイスニードル》》でキンキンに冷やしながら、内臓を洗い、血と残された内容物を洗い流す。絶えず水を流しながら、綺麗に下処理をすれば、美味い内臓になるはずじゃ。

処理の終わった内臓をひと口大に切り、野菜と水の入った鍋に放り込む。それとは別に串打ちをすれば、準備は終わりじゃ。

「こっちは塩味で煮込めば出来るし、そろそろ焼くか」

「じいじ、私も何かしたい」

「それなら焼いてもらおうかの。炭火でじっくり焼き上げるのがミソじゃ」

手伝いたいと言うルーチェの頭を撫でてから、火床を用意する。小さな《岩壁《ストーンウォール》》で囲いを作って、炭を入れるだけなんじゃがな。

「じいじ、味付けは？」

「タレと塩じゃな。焼き上げてから付ければ焦げもせんぞ」

「はーい」

肉の焼ける香ばしい匂いが広がり、ロッツァとクリムが腹を鳴らしよる。ルージュは鍋を覗き込もうと、器用に儂の足をよじ登って来とる。

焼けた肉にタレをかけてさっと炙ると、一層匂いが広まった。祭りの準備をしていた赤髪たちも、思わず儂らを振り返り手を止めていた。

「アサオ、それが内臓の料理か？　随分と腹が減る匂いだな」

「味見でもしていくか？　今まであまり食べなかったなら気になるじゃろ？」

煮込みを少し椀へよそい、串焼きも塩とタレを一本ずつキリノマに手渡す。

「そ、そうだな。皆が食べる前に味見をせんとな」

キリノマは串焼きを頬張り、次いで汁を口に含む。声を出さずとも満面の笑みを儂に見せてくれたから、それが答えになっとるな。

「これは美味い！　内臓がこんな美味いものになるとは……アサオはすごいな」

「下処理だけちゃんとやれば簡単なもんじゃよ」

「さっきやってたアレか。この味は何度も食べたいな。今まで捨てていたのが悔やまれる」

肉を咀嚼《そしゃく》し呑み込んだキリノマは、首を捻り難しい顔をする。

「アサオはどうやって水を用意したのだ？」

「こんな風に魔法でちょちょいっとな。《浄水《ウォータ》》」

木桶に水を張ると、キリノマが驚いて声をあげる。

「アイフーを狩った時も思ったが、魔法とはすごいのだな。村で使えるのは族長だけなのだ……その魔法は難しいか？」

「難しくないと思うぞ？　少しでも魔法が使えるならできるんじゃないかのぅ」

「……族長とも話してくれぬか？」

キリノマは神妙な面持ちで儂に頼む。

「今からでも構わんぞ。煮込みも出来上がりじゃからな。串焼きは――」

「私がしっかり作るよ！」

親指を立て、自信満々にルーチェが宣言しとる。

「我も見ているから行って大丈夫だ」

「だそうじゃ」

タレと塩をルーチェに預け、キリノマと二人で族長の家へと向かった。儂によじ登ったルージュは降りたくなかったのか、おぶさったまま一緒じゃった。

《**52　族長**》

泥棒鳥《アイフー》を解体した広場から北に見える大きな家が族長の住居らしく、キリノマに連れれて二人と一匹で訪ねる。どの家も造りにさしたる差はなく、扉もない竪穴《たてあな》式住居の出入口の飾りが各々違うくらいじゃな。羽根飾《はねかざ》りを付けてる家や、キノコを飾る家、骨を飾る家なんてのも見える。

「家の飾りが違うのはなんでなんじゃ？」

「何を獲る者なのかが分かる。狩りができない者でも山菜、キノコを採れる。戦士の家は武器だ」

キリノマはいくつかの家を指さしながら答えてくれた。

「族長は魔法を使うから羽根を付けた杖」

「儂の知らない魔法を使えそうじゃな……楽しみじゃ」

儂におぶさったまま、ルージュもこくりと首を振る。

「族長、今戻っ――」

「遅いわよ。他の子が帰ってきたのに、なんで貴方だけって心配したじゃない。どこにも怪我はない？　お腹空《す》いてない？」

甘ったるい声と共に女性がキリノマにしがみつく。がっちり捕まえたキリノマを家の中へ引きずり込む様《さま》に、思わずルージュと一緒に目が点になってしまったわい。

「族長、客人が」

「今は二人なんだからケケレって名前で呼んで。なんでそんな他人行儀《たにんぎょうぎ》なの？　家の中なんだからいいじゃない」

キリノマに手招きされて中に入った儂らが全く目に入ってないようじゃな。二人の……いや、一人の世界に没入《ぼつにゅう》しとる。儂よりも遥かに小柄な女性なんじゃが、なされるがままのキリノマを見る限り、力強そうじゃ。

「族長、客人だ。離れてくれ」

「どこにいるのよ、客人なんて。いないじゃ……」

キリノマの声で周囲を見回し、儂と目が合うと一切の動きが止まった。ルージュが首を傾げ、儂からずり落ちそうになったのが合図になったのか、音が出そうなほどの勢いで族長は真っ赤になりよった。

「だだだだだだ」

「客人のアサオだ」

「どどどどど」

「アイフーの狩りを手伝ってくれた。珍しい料理も作ってくれたから連れてきた」

『だ』と『ど』だけでよく分かるのぅ。儂とキリノマを何度も見比べるうちに族長は状況を理解したのか、

「うっきゃーーーーー」

と奇声を発するとキリノマから離れ、家の奥へと文字通り飛んでいった。比喩《ひゆ》でもなんでもなく、本当に宙に浮いて間仕切りと思われる布をはね上げて消えていった。

「どうした？　何かあったか、キリノマ？」

槍を携えた赤髪が儂らの後ろから顔を覗かせる。

「いや、族長が客人の前でな……」

「あぁ、いつものか。何度やれば覚えるのだ。あれで当代最強だとは信じたくないものだな」

言い淀《よど》むキリノマに、現れた赤髪の一人は呆れたように告げると、そのまま外へと戻っ

ていった。狩りの時は気付かなかったが、声の感じからして女性のようじゃ。

「……よくしでかすのか？」

「……あぁ」

キリノマは小さな声で返事をし、恥ずかしそうに頷く。

「族長は――」

「客人、待たせたな！　私が赤族族長のケケレだ。狩りの手助け感謝する。今日は祭りだ、存分に楽しむがいい！」

間仕切り布が勢いよくあがると、族長が胸を張りながら姿を現した。

「さっきのはなかったことに――」

「なんのことかな？」

「さっきの――」

「なんのことか？　客人とは今初めて会ったと思うのだが」

ほんの数十秒前の痴態《ちたい》を認めたくないんじゃな。キリノマに視線をやると、無言で頷いとる……合わせてやってくれと目で訴えかけとるな。

「族長殿、ハジメマシテ。商人のアサオじゃ。何分外から来た爺なもんで、一族のしきたりに疎《うと》いんじゃ。そのあたりを大目に見てもらえるとありがたい」

「客人にしきたりの順守を求めることはない」

族長は大きく頷き、手を横に振る。

「アサオは魔法が使えるのだ。アイフーの内臓が美味い。そのこともあって連れてきた」

「魔法と内臓がどう繋がるのだ？」

族長は首を捻る。今の説明じゃ理解できないのも仕方ないじゃろ。

「内臓の下処理に水を沢山使うんじゃよ。その水を魔法で出したんじゃ。あとは泥棒鳥《アイフー》を狩る時に魔法を使ってな」

「魔法で水？　魔法は村を守る為に使うものだぞ」

眉をぴくりと動かすケケレ。

「儂は生活を豊かにする為に使っているのぅ。それと、生きる為なら迷わず使うようにしとる」

「……使い方も考え方も違うのか。面白い。どんな風に使うのだ？」

「狩りで使ったものの他はこんな感じじゃな」

室内なので生活魔法をいくつか披露すると、キリノマとケケレは二人して驚いていた。

「こんな魔法があるのか。確かにこれらは守る為の魔法ではないな」

ケケレは目を輝かせ、子供のようにはしゃいでおる。

「あとで私の使う魔法も見せよう。どうせ祭りの時に使うことになるだろうしな」

「祭りで使う？」

儂に釣られてルージュも首を傾げる。

「奴らはきっと来るからな」

頷きながらキリノマは呟く。

祭りに乱入してくる不届き者でもおるんかのぅ……まぁ守る為に使う魔法なら周囲への被害はないいんじゃろ。

「ところで二人は夫婦《めおと》なのか？」

儂が話題を変えると、二人の顔は一拍《いっぱく》置いて真っ赤になりよった。

《 53　夫婦 》

「は？」

気の抜けた声を出したキリノマは、間抜《まぬ》けな顔を儂に晒《さら》しとる。

「さっきのやり取りを思い返すと夫婦にしか思えなくてな」

「めめめめめっめめめ」

ケケレは取り乱し、手を激しく上下に振る。

「ん？　夫婦でなかったのか？　同じ羽根飾りを差しとるし、似合いと思ったんじゃが……すまんのぅ」

似合ってると言われたのが嬉しいらしく、ケケレの頬が緩み、にやけ顔になりよった。

「いや、夫婦だ。皆の前ではお互いに族長、狩り長の立場があるから外でこんな顔はできん。ただでさえ男が狩り長になってしまったから、風当たりが強いのだ」

優しい目でケケレを見るキリノマが、頷きながら説明してくれた。

「男が狩りをしとるんじゃないのか？」

「赤族は違う。女のほうが遥かに強い。だから族長もケケレなのだ」

「キリノマが珍しいのだ。男はキノコや山菜を採る。家のことは男がやる。それが赤族だ」

にやけ顔をなんとか仕舞ったケケレが、キリノマの言葉を継《つ》ぐ。

「一番強い女が族長。そして一番強い男と子を成す。これが赤族の掟《おきて》だ」

「それがなくても私はキリノマを選ぶがな」

真っ赤な顔をしとっても自分の口で言い切れるケケレは、随分と良い女じゃな。

「気も力も強い女を束《たば》ねるのが、男のキリノマか……大変そうじゃな」

「分かるか、アサオ」

「細かいことは分からんが、何となく苦労は分かるぞ」

思わずキリノマと固い握手を交わす。婦人部や、主婦層の結束《けっそく》は怖いんじゃよ。日本《あっち》でかなりの数の修羅場《しゅらば》を経験してきたからな。

「実力があれば言うことを聞く。キリノマが強いから狩人たちからは文句が出ないのだ」

儂らの握手に触れず、ケケレは頷きながら話し続ける。

「ところでアイフーの内臓が美味いとはどうなのだ？　本当なのか？」

「美味い」

先ほどの味見を思い出したキリノマは唾液《だえき》を呑み込む。

「こんな感じじゃよ。皆に振る舞う前に味見してくれんか？」

さっと【無限収納《インベントリ》】から串焼きと煮込みを取り出し、ケケレへ手渡す。いきなり目の前に現れたことには驚いているが、それよりも香りに惹かれとるみたいじゃな。

「汚れや血をしっかり洗い流してから作ったのがそれらじゃ」

「良い匂いだ。味は……美味い」

「うむ」

ケケレが味の感想を述べると、キリノマは大きく頷いた。味を思い出しながら生唾《なまつば》を呑んでいるようじゃや。

「塩は分かるが、この黒い汁はなんだ？」

「木の実から作ったタレじゃよ」

実物を取り出して見せると納得したようで、二人とも手に取った。

「気付けの実か。確かに塩気が濃くて、匂いが強いな」

「この実をどうするのだ？　ただ臭くて、塩辛いだけではないか」

キリノマとケケレは興味津々で身を乗り出し、儂を問い詰めてきよる。

「骨からとったダシや砂糖を煮詰めるんじゃよ。砂糖がないなら蜂蜜《はちみつ》で代用できるぞ」

「それだけか？」

「それだけじゃ。キノコなどを使えばまた違う味になるぞ。赤族だけのタレなんてのも出来るんじゃないかのぅ」

「アサオ、そんな簡単に教えていいのか？　一族の秘伝ではないのか？」

キリノマが心配そうに問いかける。

「そんな秘伝にするようなもんじゃないから大丈夫じゃよ。それにアサオ一族なんて儂とルーチェ、ロッツァにクリム、ルージュくらいじゃからな」

優しく頭を撫でると、ルージュは気持ちよさそうに目を細める。

「美味しいものを皆で食べたら、もっと美味しいじゃろ？　なら村や街にも広めて、もっと大勢で食べられるようにしたい。儂らはそう思っとるんじゃよ」

にこりと笑いかけると、二人は吹き出すように笑う。

「欲がないな、アサオは」

ひとしきり笑ったキリノマがぽつりとこぼす。

「欲まみれじゃよ。美味しい物を食べたい。新しい物を見たい。いろんなところに行きたい……な？」

「それも欲と言えば欲か……面白いな」

ケケレもこぼし、笑みを見せる。

「さて、そろそろ祭りが始まる。行こうか」

キリノマに促され広場へ戻ると、ずっと肉を焼き続けていたルーチェとロッツァに怒られた。クリムは待ちくたびれたのか、ロッツァの背で丸くなっておった。

《 54　赤族の祭り 》

「じいじおそい！」

いたくご立腹《りっぷく》なルーチェに怒られる。頭を撫でながら謝《あやま》っても許してくれん。若干頬が緩んではいるんじゃがな。

「そなたがルーチェか？　アイフーをボコボコにしたそうだな。手伝い感謝する」

儂と一緒に家から出てきたケケレが口を開くと、ルーチェは焼く手を止め、少しだけ眉を動かして訝しむような目を向ける。

「偉そうだけど誰ですか？」

「赤族族長ケケレだ」

ケケレの代わりにキリノマが答える。

「奥さん？」

ルーチェの問いに、キリノマは無言で頷く。ケケレの顔は一瞬で真っ赤に染まった。ルーチェの仕上げた串焼きの香りに釣られたのか、周囲をぐるりと赤族が取り囲む。男も女も、老いも若きも関係なく、皆の腹が盛大に主張しておる。『早く食わせろ』と。

ケケレが人垣《ひとがき》をかきわけて一段高い場所へ上がると、集まった皆が一斉に顔を上げた。

「祭りの始まりだ！　今宵《こよい》は客人もおる！　盛大に楽しもうぞ‼」

皆を見回しながらのケケレの開会宣言。歓喜に沸く赤族は拳を突き上げ、高らかに声を発する。拳を下げたかと思った途端、我先に駆け出し、ルーチェの串焼きと、儂のもつ煮の前に整然《せいぜん》と並んでおる。全員が期待の眼差しで、手に手に椀と皿を持っておった。

「おかわりまでは分からんが、皆で食う分はちゃんとあるからな」

もつ煮を寸胴鍋から器によそうと、良い香りが広がる。串焼きと切り分けられた大ぶりの肉塊も配《くば》られる。主食は……薄焼きのパンみたいじゃな。野菜が見当たらないのぅ。儂は採った山菜と野草を出して一緒に食べるか。

「三百本くらい焼いたんだけどな。もうあんまりないや」

「ざっと見て百人ほどだったが、誰もが塩とタレをどちらも希望するのだ、仕方なかろう」

大皿に山と積んであったはずの串焼きは、もう残り僅《わず》か。それを見て残念そうなルーチェとロッツァ。

「皆が笑顔なんじゃ。いいことじゃろ。ルーチェとロッツァの料理に喜んどるんじゃよ」

「……そだね。私とロッツァのおかげだね」

満面の笑みを見せるルーチェを、儂とロッツァは微笑ましく眺める。

「……ただ儂らの分がなくなる前に取り分けんといかんな」

「忘れてた！」

ルーチェが慌てて串焼きの皿を見ると、クリムとルージュが器用に取り分けていた。串焼きの塩とタレを五本ずつに、肉塊の切り分けが沢山。薄焼きパンも山盛りだった。

「ありがとクリム、ルージュ！」

思わず二匹に抱き着き、ルーチェは頬ずり。クリムたちは取り分けていた皿を落としそうになるも、なんとか耐えとる。ルーチェになされるがままでも笑っとるな。

赤族の皆にも行き渡ったみたいなので、あとはおかわり自由で皿に盛っておいた。なんなら自分たちで焼くそうなので、串打ちした内臓を小さな《氷壁《アイスウォール》》の上に並べておく。もつ煮もコンロの上で保温状態じゃ。これで大丈夫じゃろ。

「これ塩だけなのに美味しいね。泥棒のくせに」

「塊でじっくり焼くから美味いんじゃな」

「街のものより美味いな」

肉塊料理の感想を言い合う儂らをよそに、クリムとルージュは椀に顔を突っ込んでもつ煮を食べとる。はふはふ言いながらモツと根菜をがつがつと咀嚼《そしゃく》しとるな。

「じいじのも美味しいね」

「うむ。やはり汁物は格別だな」

もつ煮を頬張るルーチェとロッツァは笑顔で頷き合っとる。

「串焼きも美味いぞ。良い出来じゃ」

二人を褒めると、照れたのか目を逸らしとる。

右手に塩串、左手にタレ串ともつ煮の椀を装備したケケレが、キラキラした目で儂へ詰め寄ってきた。

「我らが前に食べたものとは全くの別物だ。男衆に教えてくれ」

「族長、その為には魔法が必要だ。なぁ、アサオ？」

ケケレを追ってきたキリノマが儂に話を振る。

「鮮度を保つ為に冷水がいるのじゃ。こんな風に」

木桶に《浄水《ウォータ》》で水を注ぎ、《氷針《アイスニードル》》を砕いて氷水にする。

「こんな使い方をするのか。やはり違うな。私の使う魔法は――」

「火牛《ひうし》が出たぞー！」

ケケレの言葉を遮り、赤族の声が響き渡った。

《 55 燃える牛 》

「ひうし？」

聞き慣れない言葉を口にしながら、声のした村の西のほうに顔を向けた儂の目に、何か赤いものが近づいてくるのが見えよる。

「出たか！　キリノマ、行ってくる」

「族長、頼んだ」

ケケレがキリノマから杖を受け取り、赤いものへ向かって駆け出した。キリノマの手にはケケレの食べかけの串焼きともつ煮が装備されとる。

「ひうしってなに？」

ルーチェが儂に聞くが、儂も知らん。首を傾げるとキリノマが答えてくれる。

「火牛……燃え盛る炎を纏《まと》った牛だ。祭りの時に必ず現れる。だが収穫《しゅうかく》を祝うこの祭りをずらすわけにもいかん」

「その火牛を退治するのがケケレの役目なのか？」

「そうだ。だから族長をしている。ケケレの魔法がなければ退《しりぞ》けられない」

キリノマが頷く。それで『守る為の魔法』なのか。

「燃える牛に武器は効かん。魔法も一族に伝わるたった一つ以外は、ほとんど効かないそうだ」

「切ろうとした狩人が燃えるじゃろな。矢を射《い》ても原料は木じゃし」

「そんなの蹴りたくない」

「熱いだろうな」

蹴ることもぶちかますのも直接攻撃じゃからな。しかしルーチェとロッツァが二人とも嫌がるとは珍しいのぅ。

揺れとともに水柱が何本も上がる。ちらりとだけ見えたのは、真っ赤な牛が一列に並ぶ水柱に持ち上げられる光景じゃった。

「今のが《間欠泉《ガイザー》》」

「水属性上位魔法だな。久しぶりに見た。アサオ殿の《水砲《ウォーターガン》》を大きく強くしたものだ。しかもあれはただの水ではなく、熱水が噴《ふ》き上がるから厄介でな」

ロッツァが説明を付け足してくれる。熱湯《ねっとう》を噴き上げるのか。《水砲《ウォーターガン》》と《加熱《ヒート》》で再現できんかのぅ……今度試そう。

「水を張った障害も試したが、効果がなかった。なのにあの魔法だけは効くようなのだ」

ふむ。ただの水だと効果がないのか、それとも魔法による水でも効果がないのか分からんな。下手《へた》に手を出してケケレの邪魔をするわけにもいかん。儂がでしゃばるべきではないな。

再び水柱が立つと、真っ赤だった牛は黒っぽく色が変わっていた。

「今回は二発で済んだか」

「終わりなのか？」

「そうだ。牛は黒くなると逃げる。以前火が消えた牛を追い、切ろうとしたが、剣が折れた。黒くなっても燃えているらしく、網や縄は燃えた」

見える炎が消えただけなのかのぅ。黒くなっても高温とは、マグマみたいなもんかもしれん。

「食えるとも思えんから退けるだけで十分だ。深追いして被害が出るのでは意味がない」

「火牛は終わった。さぁ次だ！」

元気よく戻ってきたケケレは、キリノマからもつ煮の椀を受け取ると一気にあおる。串焼きにかぶりつき、荒々《あらあら》しく咀嚼する。

「まだ何かあるの？」

ルーチェが首を捻ると、今度は東から声が上がった。

「蝸牛《かぎゅう》が来たぞ！」

「出たか！　やはり畑を狙うか……今すぐ退けてくれようぞ！」

ケケレは椀を放り投げ、東へと走り出す。

「畑の作物を荒らす大型蝸牛も、ある魔法でしか退けられん」

宙を舞う椀を受け取ったキリノマが、火牛の時と同じく儂らに説明してくれる。

「蝸牛……カタツムリだと剣が通らんか。ぬるぬるじゃからな」

「アサオ、知ってるのか？」

「いろいろ溶かしてくれる厄介なやつじゃ」

「仲間？」

ルーチェが期待の眼差しを向けるが、スライムとは違うぞ。

ケケレの向かった先が赤々と光っておる。蝸牛がのたうち回っているのか、《間欠泉《ガイザー》》とは違う揺れが少しばかりここにも伝わってくる。

「地面が赤い？」

「一面を燃える大地に変える《溶岩流《ヴォルケニ》》」

「火属性混じりの地属性上位魔法だな」

キリノマとロッツァの解説だと《泥沼《スワンプ》》に《炎柱《フレイムピラー》》を纏わせるようじゃが……なんか違うのぅ。上位魔法は再現が難しそうじゃ。

「カタツムリは乾燥に弱いから効果的じゃな」

「カピカピになっちゃうのか。それも嫌だね」

「我も嫌だ」

「はーっはっはっはっはっは！」

ルーチェとロッツァが顔を見合わせながら眉尻《まゆじり》を下げておると、ケケレの高笑《たかわら》いが響いてきた。

「……どう考えてもケケレの笑い方は悪役じゃな」

「すまない。どうも気分が高揚《こうよう》するとああなるみたいなんだ」

申し訳なさそうにキリノマが頭を下げる。いや、悪いとは言ってないんじゃ。どちらかと言えば好きなほうなんじゃがな。

「私の勝ちだ！　また来年出直すがいい！」

周囲を見回すと、赤族の皆は何とも言えない表情の者ばかりじゃった。

《　56　魔法教室　》

祭りも無事に終わり、いつもの日常へと戻った村は、狩りや採取《さいしゅ》を行っていた。

まだ村に厄介になっていた儂は、キリノマとケケレから赤族の子供たちの為に魔法教室を頼まれた。

どうやら魔法の習得が見込めるのは、子供たちしかいないらしいんじゃ。大人は既に魔法を諦めて、それぞれの得意なことを生業《なりわい》にしとるんじゃと。もともと子供のうちに簡単な魔法を見せて、興味を示すかどうかが分かれ道になっとるそうじゃ。

「ケケレが教えればいいんじゃないのか？」

「私が教えていいのは次期族長だけなのだ。誰彼構わず教えられん。それに私が使えるのは昨日使った二つしかない」

胸を張り、自信満々にケケレは答える。

「上位魔法を使えるのはすごいと思うが……まぁ得手不得手《えてふえて》があるからのぅ」

「アサオの使う魔法は便利に見えた。狩りにも使えるものがあると聞く。ぜひ教えてやってほしい」

「生活魔法と補助魔法、支援魔法なら難しくないから大丈夫じゃろ」

頭を下げるケケレに笑顔を向ける。どの魔法に適性があるか分からんが、儂が教えられるのは限られとる。

「じいじが教えてる間、私は暇《ひま》だね。狩りしてもいい？」

「我も行こう。狩りに参加はしなくても、獲物を運ぶくらいはできる」

ルーチェとロッツァが森へ分け入る。クリムとルージュは儂と一緒に留守番じゃ。

「では早速頼めるか？」

「分かった。やってみるが……文字は読めるかの？」

儂の前に座る子供は全部で八人。男女半々の比率じゃ。子供たちは儂の質問に黙って頷いて答えてくれた。

「まず教えるのは水を出す魔法と氷を出す魔法にしようかの。呪文は……」

文字の書かれたかるたを皆の前に並べる。無詠唱の儂でも呪文が分かるのは、刷《す》り込まれた知識があるからじゃ。儂が唱えて水を出すだけより、文字を見ながらのほうが覚えやすいかと思ってな。

じゃが……子供たちは呪文よりかるたに興味津々みたいじゃ。

「呪文の前に文字のおさらいをしとこうか。今並べてある板から儂の言うものを拾ってくれるか？」

子供たちはキラキラした目でかるたと儂を交互に見る。

「『み』はどれかの？」

子供たちを差し置いて、クリムが札を咥えて儂に持ってくる。頭を撫でてやると嬉しそうに目を細めた。

あえて同じ文字を何枚も並べておいたんじゃが……次に持って来たのはルージュ。同じく頭を撫でてやる。羨ましそうにしていた子供たちも負けじとどんどん拾ってきた。

数文字試しただけで、皆が問題なく読めているのが分かった。

「皆賢いのぅ。これなら魔法も問題なさそうじゃ」

子供たちににこりと微笑みかけると笑顔が返ってくる。やる気もあって、楽しんでくれとるなら、良い結果が得られるかもしれんな。

「さて、じゃぁ魔法の勉強といこうかの」

かるたを並べて皆で呪文を唱えると、一人の女の子が水を出せた。二人、三人と徐々に増えていき、一時間もすれば全員が魔法で水を出せるようになっておった。

皆が笑いながら《浄水《ウォータ》》を使う様《さま》は、少しばかりおかしいと思うがの。

「こんなに簡単に使えるようになるのか……私にも……」

子供たちを見守っていたケケレがかるたを見ながら呪文を唱えるが、何度やっても水は出てこんかった……上位魔法が使えるのになんでじゃろ？

補助魔法ではないが《氷針《アイスニードル》》と《氷壁《アイスウォール》》も教えたら、二人の男の子が使えるようになった。

四人の女の子は《泥沼《スワンプ》》と《束縛《バインド》》が得意なようで、問題なく使えるようになった。

男の子の一人が《治癒《エイド》》だけでなく《快癒《ヒールオール》》まで覚えたのは嬉しい誤算《ごさん》かの？　魔力量が多くないから《治癒《エイド》》は一日に数回、《快癒《ヒールオール》》だと一回が限界みたいじゃ。

ルーチェたちは深い青の毛色の熊や狼、鹿を狩ってきた。鑑定したら、熊と狼の内臓は『食べてはいけません』と出よった。肉食獣のものはダメなのかもしれん。

クリムとルージュは自分らと同じ熊種でも気にせず肉を食べておる。まぁ弱肉強食《じゃくにくきょうしょく》が野生の基本じゃからな。

ルーチェらに内臓の下処理を教えがてら鹿を解体すると、いつの間にか赤族の男衆が儂の周りを囲っておった。やることは獲物が大きくても小さくてもさして変わらん。女衆が狩ってきた獲物を同じように捌きながら、男衆は手順を再確認しておった。

その時に子供たちが手伝い、早速《浄水《ウォータ》》と《氷針《アイスニードル》》を役立てとった。

実用性は十分みたいじゃな。徒労《とろう》に終わらず、子供たちの選択肢が増えたなら何よりじゃ。

《 57　おたから？ 》

『まだか……まだなのか……』

声が響く。光が差さない暗闇の中に鳴り響く。

『私の望みはいつ叶うのだ』

誰に問いかけるでもなく、声が響いていた。

◇　◇

「じいじ、なんか変な気配しない？」

ロッツァの背に立ち、山頂を見ていたルーチェが、儂に問いかける。

「《索敵《レコナ》》には何も出とらんが……」

「我も分からん」

横を歩くロッツァに確認するも、首を横に振るばかり。

赤族の村をあとにしたのが昨日。特に問題も起きず、てくてく山頂を目指して歩いとる。朝も昼もしっかり食べて、そろそろ日も落ち始めた頃合に、ルーチェがふとそんなことを口にしたんじゃ。

「気のせいかな……」

「どっちからその変な気配がするんじゃ？」

「山頂なんだよね。でも頂上に何かある？」

相変わらず頂から目を逸らさずに、ルーチェは首を捻る。

「魔物でもないし、魔族でもないような……なんだろ？　分かんないや」

馬車の中からひょこっと顔を出し、ルーチェの言葉に賛同するかのように首を縦に振るのはルージュ。隣にいるクリムも顔を覗かせるが、こっちは首を振っとらん。

「ルージュも何か感じとるのか。二人の共通点は……性別くらいかのぅ。まぁとりあえず頂上を目指そうか」

「そうだな。気になるものを放置しては気分が悪い」

慌てることもなく、のんびりとした足取りのまま皆で歩く。周囲に背の高い木も生えていないので、見晴らしがすこぶる良いのぅ。

四半刻もかからず、頂上まであと少しのところまで到着。

頂一歩手前に、小さな穴がぽっかり口を開けておった。横穴のようじゃから、入れんこともない。

「ここだね。変な感じがするのは」

ルーチェが呟くと、ルージュもこくりと頷いた。

「この小ささだと我は入れんな。ここで待つとしよう」

「ならルーチェとルージュの二人で――」

「じいじも来るの。小さい二人で行かせたりなんてしないよね？」

ルーチェに袖を掴まれた儂は、ロッツァとクリムに視線を送ったが、無言で頷くだけじゃった。小さくても女子なんじゃな。末恐ろしいわい。

「留守番頼んだ。ここまで手強《てごわ》そうなのには出くわさんかったが、油断大敵《ゆだんたいてき》じゃからな」

「分かってる。アサオ殿も気を付けて」

前足を器用に振るクリムとロッツァに見送られて、儂らは穴へと入る。10メートルも進むと、外の光が届かず真っ暗になった。

「《照明《ライト》》」

手探り《てさぐ》りで進むわけにもいかんから、魔法で周囲を照らす。この光球は儂と一緒に動かず、出したその場に留《とど》まるので、少し進んではまた明かりを灯《とも》すことを繰り返し、奥へとゆっくり進んだ。

「高さは十分なんじゃがな……この横幅《よこはば》じゃ、ロッツァには無理じゃな」

「だね。何かお土産があればいいんだけど」

儂の数歩前を歩くルーチェが振り返らずに話す。ルージュは儂の背中じゃ。ケケレのところで味を占めたのか、儂の肩に頭を乗せて前を覗いとる。

「そろそろだと思うよ。気配が強くなったから」

「《索敵《レコナ》》に反応なしじゃ」

マップもダンジョンの時と同じで『何かがいる』くらいしか表示されんが、今はそれすら出とらん。

「ありゃ？　行き止まり？」

「みたいじゃな」

進んだ先には壁があった。今まで歩いてきた道と同じ、岩混じりの壁じゃ。

「気のせいだったのかな……」

「隠し扉っぽくもないしのぅ」

壁に近付くと、ルージュが儂の肩から飛び上がり、壁に飛び込んだ。危ないと声を出す間もなく、ルージュはすたっと着地する。

「……壁どこいったの？」

「仕掛けでなく、マボロシでも見せられていたのかもしれん」

視覚と感覚に頼るルーチェと、《索敵《レコナ》》に頼る儂とは違い、ルージュは鼻も使えるからのぅ。今後は五感を総動員せんといかんな。ルージュとこの洞窟《どうくつ》に教えられたわい。

振り返るルージュの頭を撫でてやると、また儂の背中へ戻ってきた。

「あ、なんかあるよ」

ルーチェの指さす先には、小綺麗な台座に鎧《よろい》が置かれていた。上半身をすっぽり覆う形の鎧じゃ。

「宝になるのかのぅ」

周囲に罠がないことを確認し、儂が手を伸ばすと――

『爺が、否《いな》、男が触るな！』

良く通るバリトンボイスが響きよった。

《 58　インテリジェンス 》

『男が汚い手で触るな！　触れていいのは女だけだ！』

再び低音が響き渡る。構わず手を伸ばすと、

『聞こえてるだろ！　無視、ダメ絶対！　そして触るな！』

怒鳴《どな》り声が響く。儂はそっと手を引き、また近づける。

『ちょっ！　分かっててやってるな、この爺！』

「鎧が話しとるみたいじゃな」

「変な鎧だね」

台座に置かれた鎧から離れ、ルーチェと小声で相談する。

「生意気じゃから置いてくか。どうせ鎧が必要な者もおらんし」

「だね。じいじを馬鹿にしてるみたいだし、いらない。気配の正体が分かったから満足したよ」

ルージュも力強く頷いとるし、皆で一緒に回れ右。

『待て待て待て！　伝説級の鎧だよ？　いらないの？』

焦ったように引き止める鎧を無視して、儂らは無言で頷き歩き出す。

『すまなかった。待て……いや、待ってください。お願いします。話だけでも聞いてください』

儂らは出口へと歩くのを止め、一度立ち止まる。ただし振り向かず、耳だけ傾けることにした。

『私は退魔《たいま》の鎧。遥か昔、巨人族に作られた鎧です。今は無き技術で作られ、兜《かぶと》、両手甲、両脚甲もあります』

全部揃えると何かあるんじゃろか？　巨人も見たことないのぅ。

『それぞれの一流技師、鍛冶職人が持てる技術、知識を詰め込んで仕上げた伝説の品です。自画自賛《じがじさん》ではなく巷《ちまた》でそう語り継がれてます』

興味がないのかルージュはあくびをしとる。ルーチェも鞄から茶とかりんとうを出して寛《くつろ》いどるな。

『技師、職人の熱き魂《たましい》により生み出された私たちは、彼らの性癖《せいへき》まで込められました』

……ん？　性癖？

『私は年若いながら豊かな胸を持つ者を求めます。まだ若いのに大きく育った胸……浪漫《ろまん》です。大人の女性ではいけません。そんなのは当たり前なのですから。大人になりきる前……ここが大事なのです。他の子より少し早く成長してしまった……その気恥《きは》ずかしさが……イイ』

いい声で話すことではないな。熱く語るその気概《きがい》は嫌いじゃないが……ルーチェとルージュは分からないなりにも軽蔑《けいべつ》の眼差しを鎧へ向けとる。本能で察知したようじゃ。

『ただ大きければいいのではありません。他の娘より少し大きい……そう、手のひらからわずかにこぼれおちるくらいの豊かさ……理想的です。私に手のひらはありませんが』

あぁ、ルーチェたちが無表情になったな。そろそろ止めさせんといかん。

『心の成長を追い越して身体が先に育ってしまった……その不均衡《ふきんこう》な感じがいいのです。ただ大きいことだけを求める右手甲が私には分からない！』

防具ごとに性癖も違うのか。右手、左手、右足、左足に兜と胸当て……それぞれに異なる性癖……頭が痛くなる装備じゃな。

『私の能力を十全に引き出す為には、年頃の豊かな胸をした女性が装備しなければなりません。条件を満たせない方が身に着けても、他より少しばかり良い鎧にしかならないのです。だからこそ――』

「お前さんの性癖の話はもういい。で、何をどうしたくて儂らを引き止めたんじゃ？」

鎧の熱弁を止める為に、儂は単刀直入《たんとうちょくにゅう》に本題を切り出す。

『私がここに置かれてから、かれこれ何年経ったのでしょう……それすら分かりません。私の声が聞こえる方は初めてです。だからこそお願いします。私を連れ出してください。こんな場所に私の求める女性は現れません。私を求める女性は絶対に来ません』

山の頂の少し下。しかもその山は普通の旅で通ることはほぼない。となれば出会いがないのも当然じゃな。

『私を求め、私が求める方のもとへ行かねばなりません。だからこそ、貴方に同行したい』

「い・ら・な・い」

顔があれば目を血走らせながら語っているだろう鎧の懇願《こんがん》を、ルーチェは一刀のもとに切り捨てる。

『あふぅ♪』

……危険じゃな。

『幼い子に無下《むげ》に断られる……イイ』

「危ない性癖を持つものはいらん。他を当たってくれ」

『身に着けてくれとは言いません。荷物の端で構いません。何だったら袋に仕舞ったままでも結構です。私に出会いを下さい。お願いします』

鎧の上に、短髪で筋肉質な男が頭を下げる姿が見えたぞ……マボロシなのか、怨念《おんねん》なのか分からんが、あれはルーチェとルージュにも見えとるようじゃ。

「【無限収納《インベントリ》】の肥《こ》やしにでもしてやるか」

『ありがとうございます！　これで私にも運命の出会いがきっ――』

鎧が話し終わる前に儂は【無限収納《インベントリ》】へ仕舞い込む。

「なんで持ってくの？」

「……あまりにも不憫《ふびん》でな」

儂は目頭を押さえながらルーチェに答えることしかできんかった。

「ふーん……じいじも大きなお胸がいいんだ」

「いや、大きいのがどうとかではないぞ。大きくても小さくてもお胸様はお胸様じゃ」

そのジト目はやめてくれんか。婆さんに問い詰められたことを思い出すわい。何年経っても最適解《さいてきかい》が分からん。
ロッツァとクリムが待つ洞窟の外へと出るまで、ルーチェのジト目が続いた。
夕飯後、参考までにとロッツァに聞いたが――
「我らには人でいう『胸』がないから分からぬ。申し訳ない」
と頭を下げられた。
分かってはいたが、人……いや、男とは業《ごう》の深い生き物なんじゃやな。

「銀座編」開幕!!
累計630万部(電子含む)突破!
ゲートSEASON1～2
大好評発売中!
SEASON1　陸自編
単行本
文庫
漫画
漫画
最新20巻
大好評発売中!
漫画:竿尾悟
●本編1～5/外伝1～4/外伝+
●定価:本体1,870円(10%税込)
●本編1～5〈各上・下〉/
外伝1～4〈各上・下〉/外伝+〈上・下〉
●各定価:本体660円(10%税込)
●1～20(以下、続刊)
●各定価:本体770円(10%税込)
SEASON2　海自編
単行本
最新4巻
〈上・下〉
大好評発売中!
文庫
●本編1～5
●定価:本体1,870円(10%税込)
●本編1～4〈各上・下〉
●各定価:本体660円(10%税込)

ネットで人気爆発作品が続々文庫化！

アルファライト文庫 大好評発売中!!

人でもモノでも、調べたステータスは自由自在に編集可能!!

元構造解析研究者の異世界冒険譚1～3

1～3巻 好評発売中!

犬社護 *Inuya Mamoru*　illustration ヨシモト

**新料理や新技術を前世の知識と
二つのユニークスキルで大発明!?**

製薬会社で構造解析研究者だった持《もち》水薫《みずかおる》は、魔法のある異世界ガーランドに、公爵令嬢シャーロット・エルバランとして生まれ変わった。転生の際、女神様から『構造解析』と『構造編集』という二つの仕事にちなんだスキルをもらう。なにげなくもらったこの二つのスキルだが、想像以上にチートだった。ネットで大人気の異世界大改変ファンタジー、待望の文庫化!

文庫判　各定価：671円（10%税込）

ネットで人気爆発作品が続々文庫化！

アルファライト文庫 大好評発売中!!

劣等貴族、迫害を受ける亜人と共に左遷
領民ゼロの大荒野を……
神話の魔法で
のけ者達の楽園《ユートピア》に！

変わり者と呼ばれた貴族は、辺境で自由に生きていきます1～2

塩分不足 *enbunbusoku*　illustration riritto

落ちこぼれ領主がチート能力で大地を再生!?
『変換魔法』で仲間達と辺境に理想の街を築く!

名門貴族グレーテル家の三男・ウィルは、魔法が使えない落ちこぼれ。それによって幼い頃に父に見限られ、本宅から離れた別荘に追いやられてしまう。そんなウィルも十八歳になり、家の慣わしで自分の領地を貰うことになったのだが……父から与えられたそこは、領民が一人もいない劣悪な荒野だった！　ネットで大人気の超サクサク辺境開拓ファンタジー、待望の文庫化!

文庫判　各定価：671円（10％税込）

大ヒット 異世界×自衛隊 ファンタジー
ゲート0《ゼロ》
GATE:ZERO
自衛隊
銀座にて、
斯く戦えり
〈前編〉
柳内たくみ
Yanai Takumi
ゲート始まりの物語
「銀座事件」が小説化！
20XX 年、8 月某日——東京銀座に突如『門（ゲート）』が現れた。中からなだれ込んできたのは、醜悪な怪異と謎の軍勢。彼らは奇声と雄叫びを上げながら、人々を殺戮しはじめる。この事態に、政府も警察もマスコミも、誰もがなすすべもなく混乱するばかりだった。ただ、一人を除いて——これは、たまたま現場に居合わせたオタク自衛官が、たまたま人々を救い出し、たまたま英雄になっちゃうまでを描いた、7 日間の壮絶な物語——
ゲート0
自衛隊
銀座にて、
斯く戦えり
〈前編〉
GATE:ZERO
柳内たくみ
首都東京に、突如開かれた「門」。
中から現れた怪異達が、人々の殺戮を開始した——
銀座崩壊！
その時、日本を救ったのは、
一人のオタク自衛官だった？
630万部！
●ISBN978-4-434-29725-0 ●定価：1,870円（10%税込） ●Illustration：Daisuke Izuka

ネットで人気爆発作品が続々文庫化！

アルファライト文庫 大好評発売中!!

敵のスキルをコピーして、強化して、上書きして……

自在に魔法を操ろう！

スキルはコピーして上書き最強でいいですか 1〜2

改造初級魔法で便利に異世界ライフ

深田くれと *Fukada kureto*　illustration 藍飴

ダンジョンコアが与えてくれたのは
進化するスキル改造の能力——！

異世界に飛ばされたものの、何の能力も得られなかった青年サナト。街で清掃係として働くかたわら、雑魚モンスターを狩る日々が続いていた。しかしある日、突然仕事を首になり、生きる糧を失ってしまう——。そこで、サナトは途方に暮れつつも、一攫千金を夢見て挑んだダンジョンで、人生を変える大事件に遭遇する！　無能力の転移者による人生大逆転ファンタジー、待望の文庫化！

文庫判　各定価：671円（10%税込）

ネットで人気爆発作品が続々文庫化!

アルファライト文庫 ALPHAPOLIS ライト 大好評発売中!!

魔法を1000個作れます!?
自由自在に便利な魔法を創造!
最弱だけど、異世界をまったり楽しもう!

最弱職の初級魔術師 1~2

初級魔法を極めたらいつの間にか「千の魔術師」と呼ばれていました。

カタナヅキ KATANADUKI illustration ネコメガネ

アレンジ自在の「初級魔法」で 必殺技から空飛ぶ乗り物まで創造可能!!

勇者召喚に巻き込まれ、異世界にやってきた平凡な高校生、霧崎ルノ。しかし、彼は異世界最弱の職業「初級魔術師」だった。役立たずとして、異世界人達から見放されてしまうルノだったが、魔法の鍛錬を続けていく。やがて、初級魔法の隠された秘密に気づいた彼は、この力で異世界を生き抜くことを決意する! 最弱職が異世界を旅する、ほのぼの系魔法ファンタジー、待望の文庫化!

文庫判 各定価:671円(10%税込)

ネットで人気爆発作品が続々文庫化！

アルファライト文庫 大好評発売中!!

世に悪名轟くクズ王子。
しかしその正体は——
剣に生き、
剣に殉じた最強剣士!?

1~4巻 好評発売中!

前世は剣帝。今生クズ王子 1~4

アルト *alto*　illustration 山椒魚

生まれ変わっても戦場に駆り出されて
グータラ生活は夢のまた夢!?

かつて〝剣帝〟と讃えられた一人の剣士がいた。戦いの日々の果てに自ら死を選んだ彼は、ディストブルグ王国の第三王子、ファイ・ヘンゼ・ディストブルグとして転生する。前世での生き様を疎み、今生では〝クズ王子〟とあだ名される程のグータラ生活を送っていたファイ。しかしある日、隣国との盟約により戦争に参加する事に——。グータラ最強剣士ファンタジー、待望の文庫化!

文庫判　各定価：671円（10%税込）

ネットで人気爆発作品が続々文庫化！

アルファライト文庫 ALPHAPOLIS ライト 大好評発売中!!

最強主夫〈!?〉の兄が、ほのぼのゲーム世界でまったりライフ!!

のんびりVRMMO記 1〜9

1〜9巻 好評発売中!

まぐろ猫@恢猫 *Maguroneko@kaine* illustration まろ

ほのぼのゲーム世界で
最強主夫の料理スキル炸裂!?

双子の妹達から保護者役をお願いされ、VRMMOゲームに参加することになった青年ツグミ。妹達の幼馴染も加えた3人娘を見守りつつ、彼はファンタジーのゲーム世界で、料理、調合、服飾など、一見地味ながらも難易度の高い生産スキルを成長させていく。そう、ツグミは現実世界でも家事全般を極めた、最強の主夫だったのだ！　超リアルなほのぼのゲームファンタジー、待望の文庫化！

文庫判　各定価：671円（10%税込）

アルファライト文庫

この作品に対する皆様のご意見・ご感想をお待ちしております。

おハガキ・お手紙は以下の宛先にお送りください。

【宛先】

〒 150-6008 東京都渋谷区恵比寿 4-20-3 恵比寿ｶﾞｰﾃﾞﾝﾌﾟﾚｲｽﾀﾜｰ 8F
（株）アルファポリス　書籍感想係

メールフォームでのご意見・ご感想は右のＱＲコードから、
あるいは以下のワードで検索をかけてください。

アルファポリス　書籍の感想　検索

ご感想はこちらから

本書は、2018 年 10 月当社より単行本として
刊行されたものを文庫化したものです。

じい様《さま》が行《い》く 3 『いのちだいじに』異世界《いせかい》ゆるり旅《たび》

蛍石（ほたる いし）

2022年 4月 30日初版発行

文庫編集－中野大樹／宮田可南子
編集長－太田鉄平
発行者－梶本雄介
発行所－株式会社アルファポリス
〒150-6008東京都渋谷区恵比寿4-20-3恵比寿ガーデンプレイスタワー8F
TEL 03-6277-1601（営業） 03-6277-1602（編集）
URL https://www.alphapolis.co.jp/
発売元－株式会社星雲社（共同出版社・流通責任出版社）
〒112-0005東京都文京区水道1-3-30
TEL 03-3868-3275
装丁・本文イラスト－NAJI柳田
装丁デザイン－ansyyqdesign
印刷－中央精版印刷株式会社

価格はカバーに表示されてあります。
落丁乱丁の場合はアルファポリスまでご連絡ください。
送料は小社負担でお取り替えします。
© Hotaruishi 2022. Printed in Japan
ISBN978-4-434-30206-0 C0193